KB266253

자매의 책

자매의 책
Le livre des sœurs

아멜리 노통브 장편소설
이상해 옮김

LE LIVRE DES SŒURS
by AMÉLIE NOTHOMB

Copyright (C) Éditions Albin Michel – Paris 2022
Korean Translation Copyright (C) The Open Books Co. 2026
All rights reserved.

플로랑의 사랑은 노라의 삶에서 최초의 사건이었다. 노라는 다른 사랑도, 다른 사건도 없으리라는 걸 알았다. 실제로 그 외에는 아무 일도 일어나지 않았다.

스물다섯 살 노라는 프랑스 북부의 한 도시에서 자동차 정비소 회계로 일했다. 그녀는 그토록 심심한 게 정상이라고 믿었다. 서른 살 플로랑은 군대에서 운전병으로 일했다. 그는 타이어를 점검하려고 정비소에 들렀다가 바깥에 나와 담배를 피우는 노라를 보고 홀딱 반했다. 그 후로 그는 매일 정비소에 들렀다.

「군인이 날 마음에 들어 하다니!」

「난 군인이 아니에요.」

「군을 위해 일하잖아요.」

「정비소를 위해 일하시는데, 그렇다고 정비사인가요?」

정신 나간 사랑이었다. 그들은 그것에 대해서는 거의 말하지 않았다. 말할 게 크게 없었으니까.

「날 어떻게 생각해요?」

「당신은요?」

그들이 만나기만 하면 신비로운 현상은 다시 시작되었다. 살짝 스치기만 해도 불꽃이 튀었고, 입을 맞추면 현기증이 일었다.

「호텔이 사방에 널렸잖아.」사람들이 그들에게 말하곤 했다.

두 사람도 알고 있었다. 하지만 사랑의 각 단계가 매일 얼마나 필요한지도 알고 있었다. 헤어질 때가 되면 아쉬움에 발길을 떼지 못했고, 만나기만 하면 끝없는 심정의 토로가 이어졌다. 어쩔 수가 없었다. 사랑은 한직(閑職)이 아니었다.

주변인들이 그들을 안심시켰다.

「지나갈 거야. 뜨거운 열정도 시간이 가면 식기 마련이니까.」

시간에 대해서는 사람마다 의견이 갈렸다. 발작 기

간을 누구는 두 달로, 누구는 3년으로 내다봤다. 「그 후로는 좀 진정될 거야.」 좋은 의도를 가진 이들은 이렇게 주장했다.

그런데 이상하게도 소문난 므식쟁이인 플로랑과 노라는 남들이 틀렸다는 걸 대번에 알았다. 반론을 펼 필요조차 느끼지 않았다. 둘만 있을 때, 플로랑이 노라에게 말했다.

「저들은 이해 못해.」

플로랑과 노라는 저주받은 자들이었을까, 선택받은 자들이었을까? 물론 그들과는 상관없는 질문이었다. 둘은 운명을 철저히 받아들였다.

「우리, 결혼할까?」 플로랑이 물었다.

전통적인 청혼, 〈나와 결혼해 줄래?〉 하는 식과는 완전히 달랐다.

「그래.」 그녀는 그가 마치 침실의 커튼 색깔을 물어본 듯이 간단하게 대답했다.

그들은 소식을 주변에 알렸다. 결혼식은 2월 26일로 잡혔다.

「좀 기다렸다 따뜻한 봄에 하지 그래.」 사람들이 권했다.

「왜요?」

결혼 날짜는 그대로 유지되었다.

「왜요?」

결혼 날짜는 그대로 유지되었다.

플로랑과 노라는 작은 집으로 이사했다. 부부 생활은 더없이 즐거웠다. 플로랑은 아침마다 노라를 정비소에 데려다주고 자기 일을 하러 갔다. 사람들이 익히 아는 바대로 그들은 아주 성실하게 일했다. 당시는 휴대전화가 없던 시절이었다. 플로랑은 일과가 끝나자마자 사무실에서 아내에게 전화부터 걸었다. 그녀는 이제나저제나 전화벨이 울리기만 기다렸다.

저녁 시간은 말로 형용할 수 없는 기쁨을 누릴 기회였다. 들판을 산책하러 나가기도, 최고급 포도주를 마시기도 했으며, 함께 요리도 했다. 그러고는 희열을 느끼며 잠자리에 들었다. 다음날에는 잠이 덜 깬 눈으로 일터에 도착했다.

그렇게 3년이 흘렀다. 구름 위를 둥둥 떠다니면서. 주변인들은 눈꼴시어 더는 봐줄 수가 없었다.

「아이를 가져 보는 게 어때?」사람들이 말했다.

「왜요?」

「사랑은 그러려고 하는 거 아냐?」

그들은 그런 생각을 한 번도 해본 적이 없었다.

노라가 머지않아 임신했다. 사람들은 안도의 한숨을 내쉬며 부부 모르게 지극히 상식적인 말을 주고받았다.

「이제 좀 잠잠해지겠군.」

「신혼 생활을 끝내는 데는 아이만 한 게 없지.」

임신은 그들의 열정을 더 뜨겁게 타오르게 했다. 임신이라는 현상에 매료된 두 연인은 이런저런 새로운 가능성을 탐색했다.

논평들이 계속 쏟아졌다.

「그래, 실컷 즐기라지! 몇 달 후면 자유는 끝이니까!」

「질베르와 나는 아들놈이 태어난 후로 눈만 뜨면 싸운다니까.」

「하루하루 잠 설치다 보면 자식 키우는 게 얼마나 피곤한지 저들도 알게 될 거야.」

1973년 11월 14일, 노라가 딸을 낳았고, 트리스탄[1]이라는 이름을 지어 주었다.

「하얀 피부에 금발, 당신을 꼭 빼닮았어.」아빠가 된 플로랑에게 노라가 말했다.

젊은 부모는 황홀경에 빠져 최대한 서둘러 집으로 돌아갔다. 아기의 침실은 그들의 침실 옆에 마련되어 있었다.

트리스탄은 걸핏하면 울어 댔다. 플로랑과 노라는 번갈아 아이에게 달려갔다. 젖병을 물려 주고, 품에 안아 주고, 울음을 그치게 할 방법을 몰라 허둥댔다.

소아과 의사를 찾아가 물어봤지만, 의사는 당시의 속설만 읊어 댔다.

「그냥 놔두세요. 울자마자 달려가면 더 울 겁니다. 버릇만 나빠질 거예요.」

문제는 아이가 빽빽 우는 소리가 벽을 통해 들린다는 점이었다. 울음소리가 빤히 들리는데 그냥 무시하기는 힘들었다. 어느 날 밤, 태어난 지 2주쯤 되었을 아이를 붙들고 플로랑이 단호하게 말했다.

「트리스탄, 네가 날 닮은 것 같아 말하는데, 그만 울

1 Tristane. 〈슬픈 사람〉이라는 뜻을 가진 Tristan의 여성형이다. 인물의 슬픈 운명을 예고한다. 이하 모든 주는 옮긴이의 주다.

어. 엄마도, 나도 널 사랑하니까 아무 문제 없어. 이제 질
질 짜는 건 끝.」

그는 침대로 돌아갔다.

「당신, 아이를 아주 호되게 꾸짖었네요.」 노라가 속
삭였다.

「저 녀석, 내 말을 알아들은 것 같아.」

그 후로 트리스탄은 절대 울지 않았다.

젊은 부모의 행복은 한층 더 빛을 발했다. 아기를 돌봐야 할 때는 돌봤지만, 나머지 시간은 이전과 다를 게 없었다.

노라는 출산 휴가를 지겨워했다. 아기를 사랑하긴 했지만, 어떻게 돌봐야 하는지 몰라 전전긍긍했다. 플로랑이 퇴근하고 돌아와야 진정한 삶이 다시 시작되었다.

플로랑은 요람에 누워 있는 어린 딸에게 입을 맞추고 잠시 다정한 말을 속삭이고는 노라에게 말했다.

「이제 잘 시간이네, 여보.」

그는 침실 문을 닫고 사랑하는 아내 곁으로 갔다.

「우리 트리스탄은 얼마나 얌전한지!」

「어린이집에 알아봤는데 자리가 있대. 출산 휴가가

끝나면 아침마다 거기 데려다주기만 하면 돼.」

「이제 겨우 6개월 됐는데 어린이집에 보내기에는 좀 이르지 않아?」

「아니, 다들 그렇게 해.」

노라는 육아 생활을 하루라도 빨리 정리하고 싶다고 감히 말하지 못했다. 물론 딸에 대한 애정이 부족한 게 아닌가 하는 느낌이 들 때마다, 남편 역시 비슷한 반응을 보여서 그녀를 안심시켜 주었다. 플로랑처럼 멋진 남자가 틀릴 리 없었다. 게다가 그녀는 아기에게 진정한 사랑을 느끼고 있었다. 다만, 〈육아를 어떻게 해야 하는지〉 알지 못할 뿐이었다.

〈아이가 크면 해결될 거야.〉 그녀는 생각했다.

몇 달이 흘렀고, 노라는 기쁜 마음으로 사무실로 복귀했다.

트리스탄은 어린이집을 무척 좋아했다. 거기서는 그녀를 혼자 두는 법이 없었다. 그녀만 남겨진 채 적막 속에서 문이 닫히는 경우도 없었다. 아주 상냥한 여자들이 돌봐 주었고, 말을 걸었다. 다른 아기들도 있었지만, 그녀를 불편하게 하지 않았다. 물론 모든 게 완벽한 건 아니었다. 아빠도, 엄마도 없었으니까. 하지만 집에서도 아빠와 엄마가 자주 곁에 있는 건 아니었다.

어린이집에 가면, 트리스탄은 자신이 존재한다고 느꼈다. 잠자는 것도 의무가 아니었기에, 더 잘 잤다.

어느 날, 한 여자가 그녀에게 말했다.

「넌 절대 우는 법이 없구나. 참 수수께끼야!」

아직 말을 못해 대답할 수 없었지만, 트리스탄은 그 말을 듣고 많이 놀랐다. 할 수 있었다면 아마 이렇게 대답했을 것이다.

「아빠가 우는 건 나쁜 짓이니까 두 번 다시 울지 말래요.」

수수께끼는 그대로 남았다. 다른 아기들은 울어도 울음을 그치라고 엄하게 꾸짖는 사람이 없었다. 트리스탄도 울고 싶은 깊은 욕구를 느꼈지만, 도무지 울 수가 없었다.

엄마는 저녁마다 그녀를 데리러 오면서 딸을 다시 만나 행복한 표정을 지었다. 트리스탄도 웃었고, 엄마도 웃었다. 어떤 것도 그보다 더 좋을 수는 없었다. 아빠는 차에서 기다리고 있었다.

「우리 예쁜이!」 아빠가 어린 딸을 보고는 외쳤다.

귀갓길은 하루 중에 가장 형복한 순간이었다. 트리

스탄은 자신이 아빠, 엄마와 함께라는 것을 느꼈다. 하지만 불행하게도 여정은 고작 15분밖에 지속되지 않았다.

집으로 돌아오면 끝없는 이별이 다시 시작되었다. 목욕은 아빠와 엄마가 번갈아 시켜 주었고, 젖병을 물리는 것도 마찬가지였다.

그러고 그토록 두려워하던 순간이 찾아왔다. 그들은 그녀를 잠자리에 눕혔고, 무엇보다도 방문을 닫아 버렸다. 방문 너머로 잠시도 떨어지지 않는 아빠와 엄마의 대화 소리가 들려왔기에 그 순간은 더욱 끔찍했다. 트리스탄은 질투나 시샘이 많거나 소유욕이 강하지 않았다. 그녀의 욕망은 아빠나 엄마, 한 사람에게 집중되지 않았다. 다만, 자신도 축제에 참여하고 싶을 뿐이었다.

트리스탄은 아빠와 엄마를 사랑했기에 그들이 배정해 준 역할을 다하려고 애썼다. 하지만 문제가 해결되지는 않았다. 그녀에게 할당할 자리는 둘 사이에 없는 듯 보였으니까. 이 이상한 영화의 캐스팅 목록에는 아무 역할도 없는 배우 하나가 끼어 있었다. 등장인물은 단 두 사람, 젊은 남녀 주인공뿐이었다.

따라서 트리스탄은 자신의 배역을 발명해 내야 했는

데, 한 살밖에 안 된 유아에게는 무척 힘든 일이었다. 언젠가는 찾게 될 테지만, 아직은 너무 일렀기 때문에 그냥 얌전하게 있는 것으로 만족했다.

얌전하게 있는 것이 무엇을 의미했을까? 아무 소리도 내지 않고, 어떠한 바람이나 욕구도 드러내지 않고, 움직이지 않는 걸 의미했다. 헉슬리[2]는 모든 도덕의 절반은 부정적인 것이라고 썼다. 하지만 얌전히 있으라는 의무를 지우는 윤리는 100퍼센트 부정적인 것이었다.

이런 상황을 긍정적으로 벗어나는 유일한 방법은 자는 것이었다. 태어나서 첫 몇 달 동안 아주 쉽게 잠들었던 트리스탄은 한 살 반 무렵부터 불면에 시달리기 시작했다. 자는 게 워낙 큰 의무이다 보니 더는 잘 수가 없었다. 사소한 생각, 작은 소리, 미세한 균열도 잠이라는 지고한 명령을 슬그머니 어길 구실이 되었다. 그렇긴 해도 그녀는 자는 걸 좋아했다. 잠드는 데 성공하기만 하면 부모에게 복종하는 동시에 자신의 욕망을 채우는 일석이조의 결과에 도달할 수 있었으니까. 잠의 그윽한 심연 속으로 빠져들 뿐 아니라, 거기서 어마어마한 모

2 Aldous Huxley(1894~1963). 영국 소설가, 문학 평론가로, 대표작으로 『멋진 신세계』가 있다.

험을, 전례 없는 몽환적인 활동의 형태로 경험할 수 있었으니까.

잠에서 깨면 한숨 푹 잘 잤다는 희열에 더해 놀라운 기적들을 경험했다는 황홀감까지 들었다. 그녀는 꿈이 달아나는 걸 막으려면 스스로에게 꿈을 자세하게 들려주어야 한다는 걸 아주 빨리 깨달았다.

그러려면 적합한 언어가 필요했다. 그래서 트리스탄은 낱말들을 손에 넣기로 마음먹었다. 하지만 아빠와 엄마, 어린이집의 어른들과 달리 자신은 낱말들을 소리 내어 외쳐서는 안 된다는 걸 막연하게 느꼈다. 그래도 상관없었다. 머릿속에서만 낱말들이 필요했으니까.

참으로 신나는 시기였다. 트리스탄은 새로운 낱말을 만날 때마다 올가미로 붙잡아 머릿속에 분류해 놓은 각 무리에 추가했다. 이해하는 낱말도, 이해하지 못해도 느낄 수 있는 낱말도 있었다. 그녀는 그 낱말들을 모두 사용했는데, 꿈속 이야기가 이해력을 넘어서는 경우에는 모호한 낱말을 쓰는 걸 특히 좋아했다.

예를 들어, 〈더듬더듬 이동하다〉가 어둠 속에 감춰진, 어떤 특별한 장소로 나아가는 걸 의미하지 않는다는 사실을 안 날 얼마나 실망이 컸던지![3] 다행스럽게도 그런 종류의 고통스러운 발견은 훨씬 나중에야 찾아오게 될 터였다! 당장 그녀는 현대 예술품 수집가들이 겪는 것과 크게 다르지 않은 언어 습득의 열병을 경험하고 있었다. 〈앉은뱅이 의자〉나 〈그네〉 같은 경이로운 낱말을 우연히 들으면 흥분에 사로잡혔다. 〈나에게 필요한 건 바로 저거야!〉 언어 습득은 미지의 낱말을 입안에서 감히 발음해 보기를 전제했다. 그러려면 어마어마한 담력이 필요했다. 몇몇 낱말은 전혀 예상하지 못한 마술적인 효과를 일으키기도 했으니까. 예를 들어, 위험을 무릅쓰고 〈무당벌레〉라는 경사를 속으로 웅얼거렸을 때 트리스탄은 쾌감으로 몸서리쳤다. 〈물뿌리개〉라는 낱말을 습득하기에 이르렀을 때는 그 관능에 넋이 빠질 정도였다.

두 살 정도 되었을 무렵에 트리스탄은 엄마가 아빠에게 이렇게 말하는 걸 들었다.

「이상하네. 애가 아직 말을 안 해.」

3 〈더듬더듬 이동하다〉로 번역되는 〈se deplacer à tâtons〉이라는 표현은 〈tâtons으로 이동하다〉로 직역할 수 있는데, 트리스탄은 〈타통〉으로 발음되는, 의미를 아직 모르지만 파열음이 강하게 들리는 이 낱말을 실재하는 특별한 장소로 여긴 것이다.

「정상이잖아, 안 그래?」

「아니. 엄마, 아빠 정도는 옹알거려야지.」

트리스탄은 놀랄 만큼 큰 기쁨을 느꼈다. 아빠와 엄마가 자신에게서 마술적인 뭔가를 기대하고 있었으니까. 말하기라는 강력한 행동을! 그녀는 즉각 그들을 만족시켜 주고 싶었지만, 낱말을 소리 내어 말하는 게 그것을 소리 내지 않고 속으로 즐기는 것과는 달리 무척 어렵다는 걸 깨달았다. 그녀는 엄청난 노력을 기울인 끝에 결국 소리 내어 말했다.

「엄마, 아빠!」

플로랑과 노라의 눈이 휘둥그레졌다. 그들이 대화를 나눈 지 3분도 채 흐르지 않았는데 기적이 일어났으니까. 따라서 아이가 그들의 대화를 알아들었다고 봐야 했다. 게다가 아이는 그들이 명시했던 낱말들을 갑자기 발음했다. 그래서 축하하는 일조차 까맣게 잊어버렸다.

그들은 「애가 말을 하네!」 혹은 「너, 말을 하는구나!」 대신, 「애가 말을 알아듣잖아!」라고 외쳤다.

트리스탄이 그들의 눈에서 읽은 것은 오히려 어떤 불안에 속했다. 이 아이 앞에서는 함부로 사랑 표현을 해서는 안 되겠다는 듯한 불안감 말이다.

플로랑은 결국 딸의 입이 트인 만큼, 앞으로는 대화할 때 딸을 삼인칭 단수로 지칭해서는 안 된다는 것을 깨달았다.

「말할 줄 안 지는 얼마나 됐니. 애야?」

아직 지속성을 나타내는 단위를 알지 못했던 트리스탄은 대답할 수 없었다.

노라가 또 다른 질문을 생각해 냈다.

「네가 우리에게 알리지 않고 할 수 있는 게 또 무엇이 있니?」

엄마의 말투에서 짙은 불안을 감지한 트리스탄은 그녀를 안심시키려고 천진난만한 얘기를 지어냈다.

「밤만 되면 내 방에 사람들이 나타나요.」

부모는 당황한 표정으로 서로를 바라보았다. 아빠가 문득 그게 무슨 말인지 깨닫고는 웃으며 말했다.

「아냐, 네 방에는 아무도 없어. 네가 꿈을 꾼 거야. 꿈에 나타나는 건 실제로는 존재하지 않아. 그러니 무서워할 것 없단다.」

엄마도 웃었다. 세상의 질서가 복구되었다. 어른들은 진실을 손에 쥐고 있었고, 아이들을 진정시킬 힘을 갖고 있었다. 그들이 갑자기 입이 닳도록 칭찬을 늘어놓았다.

「너, 말을 아주 잘하는구나. 브라보, 트리스탄!」

그들은 어린 딸이 자신들이 멍석을 깔아줄 때까지 기다렸다가 말을 한 사실을 잊으려 애썼다. 하지만 그처럼 터무니없이 정중한 태도를 통해 그들은 어린 딸이 겪고 있는 강박, 다시 말해 어른에게 방해가 되면 어떡하나 하는 두려움에 대해 조금이라도 감을 잡았어야 했다.

노라에게는 자신과 완전히 딴판인 여동생이 있었다. 사람들은 그녀를 보베트라고 불렀다. 워낙 자주 불리는 애칭이다 보니 그녀의 본명이 무엇인지 기억하는 사람은 아무도 없었다. 보베트는 스물두 살인데도 자식이 넷이나 있었다. 누가 그녀에게 애들 아빠가 누구냐고 물으면, 그녀는 묻는 사람을 파쇼로 취급했다.

보베트는 공영주택에 거주했다. 네 아이는 하나밖에 없는 방에서, 그녀는 거실에서 잤다. 그녀는 아이들을 재우고 나면 텔레비전을 켜놓고 소파에 누웠다. 아이들은 아침마다 텔레비전을 켜놓고 잠든 엄마를 발견했다. 꽁초로 가득한 재떨이, 널려 있는 빈 맥주병들과 함께.

그들은 크리스마스에는 할머니 집에 갔다. 트리스탄은 그 명절을 무척 좋아했다. 그녀는 할머니를 사랑했고, 이모에게는 진정한 열정을 품고 있었다. 이모는 특히 저녁 식사가 끝날 즈음에 놀라운 선언을 하곤 했다.

「난 말을 한 마리 살 거야.」

혹은,

「내가 모두 모로코로 초대할게.」 같은.

하지만 사람들은 아무 대답도 하지 않았다. 트리스탄은 부모의 눈에서 가끔 자신의 말이 불러일으키곤 하는 어색한 호의를 읽었다.

트리스탄은 보베트의 셋째 다들인 자키와 나이가 같았다. 사람들은 그들이 동갑이라는 사실을 믿기 어려워했다. 자키는 할 줄 아는 말이 〈맞아!〉밖에 없었고, 그것을 남용했다. 두 형, 니키와 알랭은 그에게 아무 질문이나 던지고는 그의 한결같은 대답에 깔깔대며 재미있어했다.

「맞아.」

보베트가 넷째의 이름을 코제트라고 지으려 하자, 노라는 말리려고 했다.

「난 빅토르 위고를 숭배해.」[4] 산모가 왜 말리냐며 항

---

4 알다시피, 코제트는 빅토르 위고의 『레미제라블』에서 학대당하는 여

의했다.

「그따위 이름을 붙여서 아이에게 어떤 운명을 주려는 거야?」

「우리 집에도 빗자루질할 사람이 필요해.」

노라는 더는 말리려 들지 않았다. 희망이 보이지 않았으니까.

어쨌거나 보베트는 트리스탄에 대한 탄복을 떠들썩하게 드러냈다. 그녀는 기회가 있을 때마다 이렇게 외치곤 했다.

「트리스탄, 넌 어쩜 그렇게 머리가 좋니. 넌 나중에 커서 프랑스 대통령이 될 거야.」

보베트는 트리스탄을 코제트의 대모로 택했다.

「코제트보다 기껏해야 두 살 많은데 대모는 무슨 대모.」 노라가 반박했다.

「상관없어. 난 내 딸이 프랑스 대통령을 대모로 갖길 원해.」

트리스탄은 대녀를 무척 예뻐했다. 그 어린 여자아이

자아이의 이름으로, 비참한 운명의 상징이라 할 수 있다. 1862년 초판본에 실린 삽화 중에서 빗자루로 마당을 쓰는 어린 코제트는 『레미제라블』을 대표하는 이미지다.

가 책임감이 가득한 표정으로 신생아를 품에 안고 있는 건 아주 묘한 장면이었다.

할머니 역시 트리스탄의 재능에 탄복했으나, 보다 절제된 방식으로 평가했다.

「트리스탄, 넌 공부를 하렴.」

「공부라니! 말도 안 돼!」

「보베트, 넌 트리스탄이 대통령이 되기를 바란다며. 공부하지 않고 어떻게 대통령이 되겠니?」

「권력을 잡으면 되죠.」

「쿠데타로? 알고 보니, 처제가 파쇼네.」플로랑이 끼어들었다.

트리스탄은 보베트 이모는 기개가 대단해서 그녀하고 있으면 더 강해지는 느낌이 든다고 생각했다.

차를 타고 집으로 돌아가는 동안, 그녀의 부모가 보베트 이모에 대한 험담을 늘어놓았다.

「여전하네, 당신 동생.」

「하여튼 별종이라니까! 좀 부끄러워할 줄이라도 알면 말도 안 되는 소릴 덜 지껄일 텐데.」

「부끄러워하지 않을 뿐 아니라 자랑스러워하기까지 하잖아. 어머니께서 처제를 당신하고는 완전히 다르게 키우셨나 봐?」

「나하고 여섯 살 터울인데, 어릴 때부터 너무 오냐오냐 키우셨어. 열네 살 때 이미 열여덟 살이나 된 것처럼 보였어.」

「봄이 안 오는 것보다는 일찍 오는 게 낫지.」

트리스탄은 이모의 처신에 무슨 문제가 있는지 생각해 보았다. 속마음으로는 그녀가 엄마였으면 좋겠다고 생각했을지도. 노라는 이렇게 말하곤 했다.

「너, 그거 아니? 보베트 이모는 요리 안 해. 네 사촌들이 배고파하면 그냥 냉장고에 먹을 것이 가득하다고 말한다니까. 2년 동안 젖병을 물려 주고는 그다음에는 너희가 알아서 해결하라는 식이야.」

엄마가 그런 말을 할 때면 트리스탄은 더욱더 그 놀라운 여자의 딸이 되고 싶었다. 하지만 그녀는 부모를 깊이 사랑했다. 그들로 인해 결핍을 느꼈지만, 책임을 자기 탓으로 돌렸다. 〈보베트 이모도 날 더 잘 알게 되면 나에게 그토록 열광하진 않을 거야.〉 그녀는 속으로 이렇게 생각하곤 했다.

트리스탄은 두 살 반이 되자 유치원에 입학했다. 그 경험이 그리 싫지 않았다. 그녀는 유치원에서 하는 여러 활동, 그중에서도 특히 알파벳과 관련된 활동을 좋아했다. 선생님이나 다른 아이들과의 사회적 관계를 즐거워했다.

「트리스탄은 정말 얌전해요. 어찌나 조용한지 있는지도 모를 정도라니까요.」 선생님이 엄마에게 말했다.

「집에서도 그래요.」 노라가 대답했다.

트리스탄은 그 칭찬에 모호한 구석이 있다는 걸 이해했다. 〈내 문제는 아무 말도 하지 않는 거야.〉 같은 반 아이들은 끊임없이 재잘거렸다. 하지만 트리스탄은 도무지 그들처럼 말할 수가 없었다. 언어를 가지고 놀았지만, 머릿속에서만 그랬다.

트리스탄은 자신을 그렇게 만든 아빠의 훈계를 기억하지 못했다. 플로랑 역시 그랬다. 게다가 그 상황은 모두를 만족시켰다. 그녀만 제외하고. 그렇다고 그게 고통스러운 건 아니었다. 막연한 불편을 느꼈을 뿐이었다. 태어나고 얼마 지나지 않아 그녀 내부에 있는 뭔가가 자기도 모르게 고갈되어 버렸다.

세 살이 되자, 그녀는 자신이 글을 읽을 줄 안다는 걸 깨달았다. 그녀는 읽기 위해 같은 반의 다른 아이들처럼 굳이 입으로 소리를 낼 필요가 없었다. 책을 집어 펼치고 낱말들을 들여다보는 걸로 충분했다. 머릿속에서 낱말들이 펼쳐졌다.

본능이 트리스탄에게 그것을 뽐내지 말라고 경고했다. 그때부터 사람들은 그녀가 책을 펼쳐 놓고 물끄러미 바라보는 모습을 수도 없이 보았다. 그녀의 부모가 웃으며 말했다.

「참 재미있는 녀석이야. 책을 읽는 척하다니.」

트리스탄은 부모에게 자신이 정말 글을 읽을 줄 안다는 사실을 알리지 않았다. 그들이 처음으로 자신을 아낌없이 칭찬했으니까. 〈재미있는 녀석〉, 칭찬을 받으려면 재미있는 녀석이 되어야 했다.

어떻게 하면 아빠, 엄마를 자미있게 해줄 수 있을까? 그들은 쉽게, 자신보다 훨씬 쉽게 웃었다. 하지만 이유가 같지는 않았다. 예를 들어, 트리스탄은 보베트 이모가 아주 재미있다고 생각했다. 하지만 아빠, 엄마는 인형들이 정치인을 〈흉내 내는〉 텔레비전 풍자 방송을 보면서 폭소를 터뜨렸다. 그와 마찬가지로 그들은 어린 딸이 글을 읽는 〈흉내를 내기 때문에〉 재미있다고 여겼다. 따라서 트리스탄은 어른들이 흉내 내는 걸 재미있게 여긴다고 결론지었다.

그녀가 자신이 너무나 좋아하는 부모의 웃음을 다시 촉발하기 위해 무엇을 흉내 낼 수 있었을까?

트리스탄은 혀를 늘어뜨리고 네발로 기면서 멍멍 짖었다.

「오, 어린 강아지네!」부모가 웃으면서 말했다.

눈을 크게 뜨고 부엉부엉 울었다.

「오, 새끼 부엉이!」부모가 깔깔대며 손뼉을 쳐댔다.

소파에 누워 담배를 피우며 캔맥주 마시는 시늉을 했다.

「오, 보베트 이모!」부모가 폭소를 터뜨리며 말했다.

그쯤에서 트리스탄은 부끄러움을 느꼈다. 아빠, 엄마가 너무나 쉬운 사람이라 부끄러웠다. 또한 사랑하는 사람을 조롱해서 그들을 웃게 만든 게 부끄러웠다. 그래서 그녀는 아빠, 엄마를 재미있게 해주려는 욕망을 접었다. 그것은 독이 든 소망이었다.

바로 그날, 트리스탄은 종이 한 장과 연필을 집었다. 〈나는 읽어. 그럼 쓰기도 할까?〉 알 수 있는 방법은 단 한 가지, 시도해 보는 것밖에 없었다. 그녀는 방으로 달려가 바닥에 백지를 놓고 엎드렸다. 그러고 스스로 던진 질문에 완전히 매료되었다. 읽기에서 쓰기로 나아가려면 어떻게 해야 할까? 그녀는 한편으로 자기 능력을 의심치 않았다. 길을 터주기만 하면 됐다. 자신감이라는 개념은 아직 그녀에게 낯선 것이었다. 하지만 본능이, 그 위업에 필요한 덕성은 담대함이며 그녀에게는 그게 부족하지 않다고 속삭였다.

불과 허기를 동시에 닮은 담대함이 가슴속에 자리 잡고 있었다. 사람들은 아주 세게 숨을 들이마셔서 그것에 불을 붙였다. 트리스탄은 자기 내부에 어마어마한 욕망을 불러일으킬 수 있는 낱말을 생각해 보았다. 번뜩, 그 낱말이 떠올랐다. 그녀는 더 이상 기다리지 않고 손을 치켜든 채 극도로 집중한 상태로 숨을 몰아쉬며 최초의 낱말, 사과pomme를 써나갔다.

그녀는 한순간도 동작을 멈추지 않았다. 그런 다음, 그 낱말을 바라보았고 알아보았다. 유치원 교재에서 본 필기체로 쓰인 낱말을 그대로 재현해 낸 것이다. 너무나 둥근 그 낱말은 실제 사과와 다름없어서 깨물어 먹을 수도 있을 것 같았다. 그녀는 그게 금단의 과일이라는 건 알지 못했지만, 자신이 금기의 한 단계를 넘어섰다고 느꼈다.

부모의 칭찬을 받으려 들어서는 안 됐다. 읽는 것도 받아들이지 못했는데, 쓰기까지 한다면! 트리스탄은 좋은 생각을 해냈다. 〈나 혼자 축하하지 뭐.〉 자신을 증인으로 삼고, 자신에게 〈브라브!〉라고 말하는 것은 꽤 의미 있는 일이었다.

그렇지만 첫 성공에 만족해서는 안 됐다. 다른 낱말, 어서! 그녀는 산책하다가 흥미로운 무언가와 마주쳤을 때를 떠올렸다. 교재에서 본 적이 없는 낱말이었다. 따라서 훨씬 어려웠다. 이미 아는 낱말들로부터 그 낱말을 추론해야만 했다. 그녀는 〈고양cha〉이라고 썼다.

얼마나 놀라운 발견인지! 자신이 써낸 작품을 바라

보고 있자니 미스티그리[5]의 이미지가 선명하게 떠올랐다. 〈a〉는 그 동물의 금색 눈을 담고 있는 것처럼 보였고, 〈ch〉도 그 동물처럼 가르랑거렸다. 그녀는 황홀감에 빠져 방에 들어선 엄마가 자신을 바라보고 있다는 사실조차 알아차리지 못했다.

「뭘 그렇게 보고 있니?」 마침내 엄마가 물었다.

트리스탄은 화들짝 놀랐다. 다행스럽게도 그녀가 막 써낸 낱말이 난관을 타개할 힘을 부여해 주었다.

「선생님이 이걸 써주셨어요.」

「선생님 글씨체가 참 이상하네. 철자법도 틀렸고.」

「철자법이 뭐예요?」

「끝에 〈t〉가 빠졌잖아.」[6]

이처럼 알 수 없는 주장에는 어떻게 반응해야 할까? 트리스탄은 혀를 쏙 내밀었다.

「그래, 네 나이 때는 모르는 게 당연하지.」

엄마는 이렇게 말하고는 집안일을 하러 방을 나섰다. 트리스탄은 위기를 모면했다고 생각했다. 그녀는 빠진

---

5 Mistigri. 어린이 만화에 나오는 고양이 캐릭터. 고양이를 지칭하는 일반 명사로도 사용된다.

6 프랑스어로 고양이는 chat이다. 〈t〉가 묵음이라 〈샤〉라고 발음한다.

〈t〉를 써 넣을까 고민하다가 생각을 고쳐먹었다. 그렇게 고쳐 놓은 걸 엄마가 우연히라도 발견하게 된다면 능력이 들통나고 말 테니까.

그녀는 앞으로 자기 능력을 숨기고 살아가기로 마음먹었다. 그게 나쁜 짓이 아니라고 생각했다. 부모도 자신에게 모든 걸 말해 주진 않았으니까. 따라서 그녀도 똑같은 권리를 가질 터였다. 그것은 배려의 범주에 속하는 것이었다. 진실이 그들 마음에 들지 않는다면 숨기는 게 나았다.

얼마 전에도 그들이 침실에서 마치 싸우는 것처럼 큰 소란을 피우지 않았는가? 이튿날, 트리스탄은 그들에게 소란의 이유를 물었다. 엄마는 대답을 얼버무리며 웃기만 했다. 트리스탄은 더 이상 캐묻지 말아야 한다는 걸 눈치로 알았다.

그러니 그녀 역시, 자신만의 비밀을 가질 터였다.

유치원 선생님 베르니에 부인이 트리스탄의 뛰어난 능력을 알아차렸다.

「읽고 쓰는 법을 엄마나 아빠한테 배웠니?」

「아뇨, 혼자 배웠어요.」

「부모님도 알고 계시니?」

「예.」

「네 부모님께 널 월반시키자고 제안해야겠다.」

「하지 마세요.」

「왜?」

「선생님하고 계속 지내고 싶으니까요.」

「지루하진 않니?」

「아뇨, 다른 아이들과 노는 게 재미있어요.」

선생님은 곰곰이 생각에 잠겼다. 다른 아이들과 논다고 말했지만, 사실 트리스탄은 주로 멀찌감치 떨어져서 그들이 노는 걸 바라보기만 했다. 하지만 어쨌거나 트리스탄에게도 그런 즐거움을 맛볼 권리가 있었다. 선생님은 실험을 시도했다.

「저기, 마리로르와 티에리가 그림을 그리고 있네. 너도 가서 함께 그리지 않을래?」

「왜요?」

트리스탄의 총기를 잘 아는 선생님은 지적인 사람들이 좋아하는 대답을 했다.

「그냥, 좀 보게.」

트리스탄은 크게 한숨을 내쉬고는 그림을 그리는 아이들과 합류했고, 아이들은 싫은 기색 없이 그녀를 끼워 주었다. 그 나이 때에는 무리에서 따돌림을 당하지 않는 것도 어마어마한 승리가 된다. 트리스탄은 그렇게 사회생활을 시작했다. 아이들이 자신을 존중해 준다는 걸 깨달은 트리스탄은 놀란 만큼 큰 기쁨을 맛보았다. 사실, 놀라울 게 없기는 했다. 트리스탄은 성격 좋고, 창의적이고, 자상한 데다가, 전혀 까탈 부리지 않았으니까. 누가 때려도 웃기만 하는 착한 아이였으니까.

트리스탄은 곧 주도적으로 행동하기 시작했다. 쉬운 무리 속으로 녹아드는 대신 따로 노는 아이들을 골라 접근했다. 그녀는 접근 기술을 치밀하게 연마했다. 표적으로 삼은 아이 근처로 가서는 바닥에 앉아 활동을 시작했다. 그러다가 도중에 손을 멈추고 그 아이에게 도움을 청했다.

「드미트리, 구름이 무슨 색이지?」

혹은

「상드라, 레고 지붕, 난 못 만들겠어.」

트리스탄은 머지않아 접근이 까다로운 아이들에게 열정적으로 다가갔다. 그녀는 오랫동안 막연하게 자신이 문제가 많은 아이라고 여겨 왔다. 그런데 예상치 못한 인기 덕분에 전혀 그렇지 않다는 걸 깨달았다. 자신이 의기소침한 상태에서 그토록 쉽게 벗어났다면, 다른 소외된 아이들도 충분히 사람들과 어울릴 수 있을 거라 믿었다.

결국 그녀는 집에 있을 때만 빼고 더는 따돌림을 당한다고 느끼지 않았다.

플로랑과 로라의 지인들은 입이 닳도록 수다를 떨어

댔다.

「저 둘을 보면, 마치 결혼한 지 보름밖에 안 된 신혼 부부 같아.」

「애가 생겼는데도 조금도 달라지지 않았어.」

「로또에 당첨된 거나 마찬가지야. 학교에서나 집에서나 있어도 없는 듯 저렇게 얌전하니 애 하나 거저 키우는 셈이지.」

「애가 이제 네 살이니, 남동생이든 여동생이든 또 하나 가질 수도 있겠네.」

「내 말이! 하지만 로또에 연속 두 번 당첨되지는 못할 거야.」

사람들은 부부에게 외동의 비극에 관해 얘기했다. 형제가 없으면 외롭고 우울해지기 십상이라면서. 게다가 너무 지체하지 말아야 했다. 노라의 생식능력이 머지않아 떨어질 테니까.

그런 말들이 부부를 불안하게 했다. 노라는 임신과 출산휴가를 또다시 경험하고 싶은 마음이 별로 없었다. 트리스탄은 동생을 원할까? 노라가 트리스탄에게 물었다.

아이는 눈을 휘둥그레 뜨고 대답했다.

「오, 예!」

코제트의 대모가 되는 걸 그토록 반겼던 트리스탄은 그보다 더 신나는 것, 누나나 언니가 된다는 생각에 어쩔 줄 몰랐다.

플로랑이 끼어들었다.

「동생이 생기면 네가 우릴 도와줄 거야? 밤마다 젖병도 물려 주고?」

「예!」

「기저귀도 갈아 주고?」 노라가 물었다.

「예!」

부모가 자신의 선의를 여전히 미심쩍어한다고 느낀 트리스탄은 선언하듯 말했다.

「태어나는 아기가 내 방에서 자면 좋겠어요.」

확신을 가진 부모는 둘째를 만드는 작업에 착수했다.

겨울이면 늘 그러듯, 그들은 크리스마스를 할머니 집에서 보냈다. 후식을 먹기 전에 플로랑이 일어나 잠시 조용히 해달라고 말하고는 건배를 청하며 딸에게 말했다.

「트리스탄, 올해는 산타 할아버지가 좀 늦게 오실 거

야. 그래서 네 선물은 여름이 끝날 때쯤 받게 될 거야.
남동생이나 여동생으로.」

트리스탄은 흥분의 함성을 내질렀다. 할머니는 손뼉
을 쳤고, 보베트는 이렇게 말했다.

「단단히 미쳤군. 천사 같은 트리스탄이 있는데 또 아
이를 갖다니, 경솔한 짓이야.」

「사돈 남 나무라고 있네.」노라가 말했다.

「그렇진 않지. 내 꼬맹이들은 트리스탄 같은 걸작이
아니니까.」

아이들은 무슨 말인지 이해하지 못한 채 대화에 귀를
기울였다. 할머니가 끼어들어 잘라 말했다.

「자, 이 훌륭한 소식을 위해 건배를 하자꾸나!」

차를 타고 귀가하는 동안 생각에 잠겨 있던 트리스탄
이 물었다.

「왜 보베트 이모는 아기가 태어나는 걸 기뻐하지 않
아요?」

「네가 코제트를 잘 돌봐 주지 않을까 봐 그러는 거야.」

바로 그 때문이었던 것이다.

「아기가 태어날 때까지 절 이모 집에서 지내게 해주
세요. 제가 코제트를 돌볼게요.」

부모는 눈길을 주고받았다. 트리스탄은 그들이 내심 그러고 싶어 한다는 걸 느꼈다.

「얘야, 정말 그래도 되겠니? 보베트 이모 집은 지내기가 좀 어려울 텐데.」

「이모 집이 학교 바로 옆이니까, 문제가 있으면 선생님께 도와 달라고 할게요.」

이상한 논거이기는 해도, 부모는 설득당한 듯 보였다. 집으로 돌아온 그들은 보베트에게 전화를 걸었다. 이모는 조카를 집으로 들인다는 생각에 기쁨의 함성을 내질렀다. 트리스탄은 이모가 「그렇게 오랫동안 떨어져 있으면 트리스탄이 보고 싶지 않겠어?」 같은 말을 했을 거라고 짐작했다. 아빠가 이렇게 대답했으니까.

「있잖아, 노라가 임신으로 몹시 피곤해해. 아이를 돌보지 않아도 되면 한결 부담이 덜 할 거야.」

그 아이는 엄마가 평소에도 자신을 돌보지 않는다고, 따라서 자신의 부재가 딱히 휴식이 되지는 않을 거라고 생각하는 자신을 발견하고 놀랐다. 〈아빠, 엄마는 내가 없어도 잘 지낼 거야.〉 트리스탄은 슬픔에 젖어 결론지었다. 하지만 대신 보베트 이모가 너무나 행복해할 거라고 생각할 만큼 지혜로웠다.

트리스탄을 이모 집에 데려다주었을 때, 플로랑과 노라는 마치 전쟁터로 떠나는 사람처럼 트리스탄을 바라보았다. 노라는 살짝 양심의 가책을 느꼈는지 이렇게 말했다.

「너무 힘들면 전화해. 그럼 데리러 갈게.」

사실, 트리스탄은 이모 집에서 보낸 여덟 달이 너무나 좋았다. 할 일이 많긴 했지만, 보베트는 그야말로 천재적이었다. 그녀는 조카에게 깡통 따개 사용법을 가르쳐 주고는 이렇게 말했다.

「자! 이젠 네가 요리사야.」

보베트는 매일 트리스탄에게 지갑을 주고는 하교하면서 저녁거리를 골라 사 오라고 시켰다. 트리스탄은 얼씨구나 그 책임을 받아들였고, 자신의 역할을 아주 진지하게 여겼다. 그녀는 마트에 들러 라비올리나 완두콩, 혹은 무엇인지 알 수 없는 요리 통조림을 샀다. 그러고는 부엌에서 통조림을 따고 내용물을 데웠다. 그녀가 상을 차리고 밥 먹자고 외치면 사촌들은 식탁에 둘러앉아 황홀한 표정을 지었다.

「네가 온 이후로 따뜻한 음식을 먹어서 좋아. 어쩜 이렇게 요리를 잘하는지!」 보베트가 그녀를 칭찬했다.

트리스탄은 학교에 가지 않을 때 대녀 코제트를 데리고 놀았다. 그녀는 코제트에게 남다른 애착을 느꼈고, 코제트 역시 마찬가지였다. 거친 놀이를 좋아하는 남자아이들은 서로를 쫓아다니며 때려 댔다. 트리스탄은 학교에서 색종이와 색연필을 가져와 코제트에게 그림 그리기를 가르쳤다. 여자애 둘이 바닥에 엎드려서 몇 시간이고 그림을 그리는 걸 본 남자아이 셋도 재미있겠다는 생각이 들었는지 슬그머니 끼어들어 그림을 그리기 시작했다.

보베트는 주기적으로 언니에게 전화를 걸었다.

「언니 딸은 정말이지 기적 같은 아이야. 걔가 온 이후로 남자애들이 더는 거의 싸우질 않는다니까. 코제트도 저렇게 행복해한 적이 없어. 부엌은 또 얼마나 깨끗한지. 언니가 많이 보고 싶겠네!」

트리스탄은 그리 흔쾌하지 않은 답변을 짐작했다.

「얘기 좀 나눌래? 바꿔 줄까? 알았어. 그렇게 전할게. 또 전화할게.」

보베트가 전화를 끊었다.

「엄마가 너무 피곤하대. 네가 많이 보고 싶고, 널 아주 많이 사랑한대.」

트리스탄은 전화기에 대고 잠시 말하는 게 어떤 점에서 그렇게 피곤할 수 있는지 궁금했다.

반면에, 보베트는 조카에게 말을 걸었다. 그들은 대화다운 대화를 나누었다.

「트리스탄, 남자애들이 꼭 학교에 다녀야만 할까?」

「그럼요. 그 증거로, 지금 학교에 다니고 있잖아요.」

「애들 성적표를 보면 너도 생각이 달라질 거야.」

트리스탄은 성적표를 보고는 인상을 찡그렸다. 점수가 그야말로 형편없었다.

「내 생각에는 학교가 남자애들을 위한 곳이 아닌 것 같아.」 보베트가 말했다.

트리스탄은 곰곰이 생각해 봤다. 자키는 그녀와 같은 반이었다. 그는 아무것도 배우지 않을 뿐 아니라, 모두를 방해했다.

「제가 읽는 법을 가르쳐 줄까요?」 그녀가 이모에게 물었다.

「그래 줄래? 그럼, 정말 좋지!」

보베트는 조카가 글을 읽을 줄 안다는 사실에 놀라는 기색조차 보이지 않았다. 트리스탄의 능력에는 한계가 없을 거라 생각했으니까.

이렇게 해서, 겨우 네 살 반 된 여자아이가 일곱 살인 니키, 여섯 살인 알랭, 네 살 반인 자키, 그리고 30개월 된 코제트에게 읽기를 가르쳤다. 알아듣는지 몰랐지만, 코제트는 극도의 집중력을 발휘하며 수업에 참여했다.

트리스탄은 어떤 방법을 사용했을까? 정확하게 말하기는 어렵다. 그녀는 종이에 큰 글씨로 〈ravioli(라비올리)〉라고 쓰고, 글자 하나하나를 관찰하게 한 다음 따라 읽어 보라고 했다. 그런 다음, 라비올리 통조림 하나를 집어 겉면에서 그 낱말을 제일 먼저 찾는 사람이 통조림을 먹게 될 거라고 했다.

두 번째 낱말은 〈bière(맥주)〉, 세 번째는 〈télévision(텔레비전)〉이었다. 남자애들은 그 어린 여자아이에 대해 건전한 당혹감을 느꼈다. 엄마가 트리스탄을 예뻐하자, 자극을 받은 그들은 그녀에게 뒤지지 않고 싶어 했다. 그 메커니즘을 훤히 꿰뚫고 있던 트리스탄은 글을 가르치기 위해 이를 이용했다.

「그림하고 똑같아. 내가 집 그리는 거 봤잖아. 너희라고 하지 못할 이유가 어디 있어?」

학년이 끝나기 전에 니키와 달랭은 처졌던 학업 진도를 따라잡았고, 자키도 더는 우치원의 수업 훼방꾼이 아니었다.

보베트는 전화로 언니에게 조카의 위업을 전해 줬다. 노라는 듣는 둥 마는 둥 했다. 통화를 마친 노라가 플로랑에게 말했다.

「보베트의 허언증은 도무지 나아지질 않아. 트리스탄이 애들한테 읽고 쓰는 법을 가르쳐 줬대, 글쎄.」

그들은 웃음을 터뜨리고는 끝없는 신혼생활을 즐겼다. 사랑에 빠져 행복을 누리다 보니 딸을 방치하고 있다는 사실조차 까맣게 잊어버렸다. 어떻게 그 사실이 그들의 뇌리를 스칠 수 있었겠는가? 그들에게는 내세울 핑곗거리, 점점 부풀어 오르는 노라의 배가 있지 않은가! 오로지 첫째를 위해 둘째를 가진 그들은 훌륭한 부모가 아닌가?

「아들이면 이름을 롤랑이라고 짓자.」노라가 말했다.

「그래, 아주 마음에 들어.」

「딸이면 엘로이즈로 하고.」

「확실해? 예쁘긴 하지만 약간 중세풍 아냐?」

「딸이면 어떤 이름을 붙여 주고 싶은데?」

「레티시아.」

1978년 8월 9일, 레티시아가 태어났다.

「당신처럼 아름답고, 머리카락도 당신처럼 갈색이
야.」플로랑이 웃으며 말했다.

플로랑은 처제 집으로 초조하게 기다리는 딸을 데리
러 갔다.

「네 동생을 보러 가자꾸나.」

병원 입원실에 도착했을 때, 트리스탄은 지금 자기
삶의 열쇠가 될 중요한 순간을 살고 있다는 걸 알았다.
신성한 순간이라는 느낌이 워낙 강해서 숨조차 제대로
쉬기가 힘들었다.

엄마 품에 아주 자그마한 아기가 안겨 있었다.

「안녕, 트리스탄. 소개하마, 레티시아야.」

「레티시아.」그토록 아름다운 소리는 한 번도 들어 본 적이 없었던 트리스탄이 자기도 모르게 반복했다.

「한번 안아 볼래?」

「그래도 돼요?」

「그럼. 네 동생이잖아. 내가 널 위해 낳았어.」

심장이 미친 듯이 뛰는 걸 느끼면서 트리스탄은 우주에서 가장 소중한 3킬로그램을 품에 안았다.

두 영혼이 서로를 발견했고, 서로의 내부에서 공명했다. 두 행성이 너무나도 정확한 방식으로 정렬해서 두 아이에게만 들리는, 절대 희미해지지 않을 음악이 피어올랐다. 반은 소리고 반은 빛인 그 현상은 분당 예순 번, 천년만년의 세월을 향해 서로에게 메아리쳤다.

트리스탄은 아기를 가슴에 안고 아름다운 얼굴을 바라보았다. 아기는 눈을 가늘게 뜨고 웃었다.

「아직은 널 못 봐. 그리고 아기의 웃음은 의미가 없어.」플로랑이 말했다.

하지만 트리스탄의 귀에는 이제 막 시작된 교향곡밖에 들리지 않았다. 그녀는 레티시아도 자신과 똑같은 것을 경험하고 있다는 걸 알았다. 두 영혼은 사랑이라 불리는 신호를 끊임없이 교환했다.

트리스탄은 엄마, 아빠, 이모, 사촌들을 사랑했다. 하지만 그녀에게 그 순간에 시작된 감정은 전혀 다른 것이었다. 그보다 더 이상한 건 없었다. 그것은 가장 모르는 대상을 알아보는 일이었다. 이 감정은 눈살을 찌푸려야 겨우 보이는 비스듬한 광선 같았다.

두 자매 사이의 사랑은 플로랑과 노라 사이의 사랑이 치환된 게 전혀 아니었다. 플로랑과 노라의 사랑은, 결코 과소평가할 수는 없지만, 남녀간의 연애에 속했다. 반면 트리스탄과 레티시아의 사랑은 절대적 의미의 사랑, 범주 바깥의 사랑, 목록에 없는 더욱 강력한 현상이었다. 모든 사랑인 동시에 모든 자유인 그것은 어떤 분류에 의한 변질도 허용하지 않았다.

이렇게, 트리스탄은 네 살 반의 나이에 충만함을 발견했고, 레티시아는 그 충만 속에서 태어났다. 레티시아는 마음이 굶주려 죽을 수도 있다는 걸 몰랐지만, 트리스탄은 그 고통을 결코 잊을 수 없었다. 따라서 둘의 사랑에는 시작되는 순간부터 단절이 출현했다. 레티시아는 사랑받지 못하는 데서 오는 불안을 절대 느끼지 않을 테지만, 트리스탄은 그 불안을 영원히 간직하게 될 터였다.

세상에 새로운 질서가 자리 잡았다. 노라는 집안에도, 트리스탄에게도 자신의 의무를 다했다고 생각했다(아이를 둘씩이나 낳았으니 게으름을 피운 건 아니었다). 그러니 앞으로는 트리스탄에게 더 관심을 보일 필요가 없었다. 트리스탄뿐 아니라 레티시아에게도. 그런 수고를 왜 하겠는가? 큰애가 잠시도 작은애에게서 눈을 떼지 않는데. 아직 여름방학인 만큼 트리스탄은 젖병도 물리고, 기저귀도 갈아 주고, 재우고, 달래 주었다.

플로랑이 유치원 큰애들 반 선생님에게 전화를 걸었다.

「트리스탄이 여섯 달 후에 등교해도 괜찮을까요?」

「안 그래도 베르니에 부인에게 트리스탄 얘기 들었

어요. 아이가 이미 초등학교 1학년 수준이라더군요.」

트리스탄의 부모는 그 말이 무엇을 의미하는지 알아보려 하지도 않은 채 승낙을 기뻐하기만 했다.

「트리스탄, 봄까지는 학교에 안 가도 되니까 네가 동생을 돌보거라.」

트리스탄은 희소식에 기뻐서 춤을 췄다.

노라는 9월이 되자마자 일을 다시 시작했다. 아침마다 부모가 두 딸을 집에 남겨 둔 채 차를 타고 출발했다. 아이들 곁에 어른의 존재가 꼭 필요하다는 생각은 그들의 뇌리를 스치지도 않았다. 트리스탄이 그 정도로 분별 있었다. 할 일에 소홀하거나, 멍청하거나 유치한 짓을 하는 경우가 절대 없었다.

「문제가 있으면 나한테 전화해.」 매일 집을 나서면서 엄마가 말했다.

트리스탄은 단 한 번도 전화하지 않았다. 잘 모르는게 있으면 보베트 이모에게 전화를 걸었다. 이모가 도움을 줄 수는 없으리라는 걸 알았지만, 적어도 자신에게 관심을 가진 사람에게 전화하는 편이 나았으니까.

보베트는 언니와 형부의 결정에 분노하지 않았다.

「네 부모가 옳아. 넌 전혀 학교에 갈 필요가 없어.」

「레티시아를 엎드려 재워야 해요, 드러눕혀 재워야 해요?」

「나도 몰라. 아기를 침대에 뉘어 봐. 그러면 이리저리 몸을 틀면서 알아서 할 거야. 내 경험으로는 그래.」

이 독특한 대답 덕분에 레티시아는 당시 소아과 의사들의 신기한 강요에서 벗어났다. 그들은 아기를 엎드려 재우라고 권장했는데, 그 나쁜 습관을 한번 들이면 아이들은 그것을 평생 간직했다.

이러한 의문들을 제외하면, 트리스탄은 동생과 마주 보며 단둘이 있는 시간을 너무나 좋아했다. 그러고 있으면 아주 재미있게 하거나 바라볼 거리가 늘 있었다. 레티시아 역시 사랑으로 가득한 눈길이 늘 자신을 지켜보고 있다는 걸 느끼는지 놀라울 정도로 초롱초롱하게 깨어 있었다.

저녁마다 부부가 집으로 돌아오면 아빠가 농담을 던졌다.

「안녕, 애들아, 저녁은 준비해 뒀니?」

트리스탄은 그 요구가 얼마나 엉뚱한지 알리려는 듯 예의상 배시시 웃었다. 엄마는 자신이 좋은 엄마라고 생각했다. 냉장고와 수납장들이 식료품으로 넘쳐났으니까.

노라는 저녁 요리를 했고, 플로랑이 식탁을 차렸다. 그동안, 트리스탄은 동생에게 젖병을 물리고, 안아 주고, 잠자리에 뉘었다.

「걱정하지 마, 레티시아. 금방 올게.」

식탁에서 부모는 트리스탄에게 의례적으로 물었다.

「하루 종일 잘 지냈니? 동생은 말 잘 들었고?」

트리스탄이 늘 충분히 무덤덤하게, 마음이 놓이는 방식으로 대답했기에 노라와 플로랑은 금세 그녀의 말을 듣는 둥 마는 둥 했다. 레티시아가 태어나기 전만 해도 트리스탄은 식사가 끝날 때까지 기다렸다가 일어나는 규칙을 지켜야 했다. 그런데 지금은 접시를 비우자마자 일어나도 되냐고 물을 수 있는 최고의 이유가 있었다.

「레티시아한테 가봐도 돼요?」

부모는 그들만의 영원한 목가(牧歌)를 다시 시작하고 싶었던 만큼 기꺼이 승낙했다. 큰딸이 보는 앞에서 서로의 눈을 바라보는 게 민망하지는 않았으나, 다섯 살 먹은 제삼자는 어떤 사랑의 고백들을 방해하기 마련이었다.

어떠한 광경도 사랑하는 사람의 잠든 모습만큼 큰 즐거움을 주지는 못한다. 더욱이나 잠든 사람이 아기라면 행복감에 신비로움이 배가된다. 태어난 지 석 달밖에 안 된 아기는 무슨 꿈을 꿀까?

트리스탄은 잠든 사랑을 지칠 줄 모르고 끝없이 바라보았다. 아기가 깰까 봐 숨소리마저 죽였다. 절대적인 고요의 대가로, 그녀는 아주 작은 숨소리까지 들을 수 있었다. 그 가녀린 소리는 그녀의 영혼을 기쁨으로 부풀게 했다.

트리스탄은 동생에게서 눈을 떼지 않으려고 침대도 거의 같은 높이에 설치했다. 그러고는 레티시아를 마주 볼 수 있게 옆으로 누웠다. 취침 등이 매혹적인 광경을 한순간도 놓치지 않게 해주었다.

대개 아이들을 깨우는 건 층계를 오르는 부모의 발소리와 그들이 침실에서 내는 소리였다. 적어도 말할 수 있는 건, 그들이 큰딸과 같은 조심성을 보이지 않았다는 사실이다. 가끔 트리스탄은 그들이 이렇게 말하는 걸 들었다.

「우리가 너무 시끄럽게 구는 것 같지 않아?」

「별걱정을 다 하시네! 저 나이 때는 한번 잠들면 업어

가도 몰라.」

　레티시아는 잠에서 깨어나도 곧바로 울음을 터뜨리지 않았다. 트리스탄은 레티시아가 마치 어떤 투로 자신을 표현해야 할지 생각이라도 하는 것처럼 머뭇거리는 것을 보았다. 그러면 언니는 동생을 품에 안고 입술에 손가락을 갖다 댔다.

　「쉿! 네가 울면 아빠와 엄마가 올 거야. 넌 나랑 단둘이 있고 싶지, 안 그래?」

　그러면 아기는 마치 알아듣기라도 하는 듯 울기를 포기했다. 그러면 트리스탄은 시작도 끝도 없는 가락에 따라 자신이 지어낸 동요를 나지막한 목소리로 불러 주었다.

　「아빠와 엄마는 아주 다정해, 하지만 그들은 둘이 노는 것을 더 좋아해, 그들은 아이들 놀이를 좋아하지 않아, 그래서 이상한 어른들 놀이를 하지, 그들은 한 번도 아이였던 적이 없고, 우리도 절대 어른이 되지 않을 거야…….」

　시건방진 구석이 있는 노래에 매료된 레티시아는 좋아서 입을 헤 벌리고 있었고, 가끔은 장난기 어린 웃음을 짓기도 했다. 레티시아는 배가 고프면 손으로 젖병을 가리켰다. 트리스탄은 사랑이 겨운 표정으로 젖병을 물려 주었고, 레티시아는 언니를 빤히 쳐다보며 젖꼭지를 쪽쪽 빨았다. 트리스탄은 레티시아를 안아 트림을 시킨 다음 다시 눕혔다.

불쾌감의 원인이 배고픔이 아닐 때도 있었다. 아기는 특징적인 날카로운 소리로 이를 알렸다. 그러면 트리스탄은 붉게 물든 엉덩이를 닦아 준 다음 기저귀를 갈아 주었다.

자매는 약속이라도 한 듯 결국 함께 잠들었다. 함께 나누는 잠만큼 사랑에 어울리는 것은 없었다. 부모의 방에서도 비슷한 기적이 일어났다. 플로랑은 죽음처럼 깊은 부부의 잠을 위해 모로 누운 노라의 몸을 얼싸안았다. 하지만 부부의 만족이 아무리 크다 해도 잠든 아이들의 그것에 비견될 수는 없었다. 부부의 잠자리에는 〈여보, 내일 쓰레기통 바깥에 내놔야 하니까 알려 줘. 지난주 목요일에 깜빡했어〉와 같은 일상의 진부한 예견들이 섞여 있었다.

반면에 트리스탄과 레티시아는 현재의 순간만을 살았다. 창세기에는 저녁이 있었고, 아침이 있었다. 어린 시절의 시간에는 오로지 지금만 존재했다.

한밤중에 조금이라도 칭얼거림이 들리면 트리스탄은 잠에서 깨어났다. 아빠의 코 고는 소리가 증명하듯, 부모는 아무 소리도 듣지 못했다. 트리스탄은 두 침대를 갈라놓는 1미터 남짓의 거리를 가로질러 동생을 안아 자기 심장 위에 올려놓았다. 대개 트리스탄의 심장이 뛰는 리듬은 동생을 진정시키기에 충분했다. 사랑의 잠에 취한 상태로 트리스탄은 아기의 귀에 언어 이전의 말들, 〈라 라 라, 미 미 미〉를 속삭였다. 그러면 메시지가 전달되었다. 다 괜찮아, 내가 여기 있어. 내가 널 지켜보고 있어.

트리스탄은 배의 선장이었다. 어떠한 난파도 예고되지 않았다. 그녀는 작은 견습 선원을 다시 눕히고 자신의 잠자리 위에 몸을 뉘었다. 아침을 향해 출발! 목적지에는 늘 아주 일찍 도착할 터였다.

아침의 해안이 나타나면, 트리스탄은 배를 댈 준비를 했다. 그녀는 자신이 집안을 책임지는 사람임을 상기시키기 위해 부모보다 먼저 배에서 내리기를 좋아했다. 그녀는 부모가 자기 능력을 의심하지나 않을까 불안해했다. 어린아이가 그런 걸 걱정하다니!

트리스탄은 그 완벽한 삶이 기껏해야 1년 정도 지속

되리라는 걸 알고 있었다. 하지단 다섯 살 아이에게 1년은 한없이 긴 시간이다. 그녀는 단 한 순간도 다음 해를 염두에 두지 않았다.

식탁에서 아빠나 엄마가 얼마나 잔인한 말인지 의식하지 못하고 이렇게 말하는 경우도 있었다.

「내년에 레티시아가 어린이집에 들어가면…….」

혹은,

「트리스탄이 초등학교에 입학하면…….」

그럴 때면 트리스탄은 이를 악물고 그 순간이 지나가길 기다렸다. 어른들이 자꾸 꼬투리를 제공하지 않는 한, 두려움은 금방 사라졌으니까.

레티시아와 함께 있으면 영원회귀[7]를 온몸으로 경험할 수 있었다. 보통은 유년 시절을 지난 다음에야 일상을 지루하게 느끼게 되는 법이다. 두 자매는 일상의 세세한 에피소드 하나하나를 함께 즐겼다.

트리스탄은 얼마 지나지 않아 아기는 같은 걸 반복해도 늘 까르르 웃음을 터뜨린다는 걸 알아차렸다. 서른 번 연속 같은 개그를 반복해도 아기는 매번 숨이 넘

7 반복되는 일상에 프레드리히 니체의 공상적인 관념을 인용했다. 그에 의하면, 생(生)은 나선의 형상을 띠면서 영원히 반복된다.

어갈 듯 웃어 댔다. 어린 동생에게는 웃음의 장치가 끝없이 열려 있다는 느낌마저 들었다. 그래서 레티시아가 웃다가 자지러질 것 같은 느낌이 들어야 반복을 멈췄다.

노라는 아침마다 〈딸들에게 자기들만 있다는 느낌이 들지 않게〉 텔레비전을 켜둔 채 출근했다. 그녀는 동생이 낮잠을 자는 동안 트리스탄이 텔레비전 앞에 앉아 있으리라 생각했다. 하지만 트리스탄은 부모가 집을 나서자마자 텔레비전을 껐다. 그러고는 부모를 안심시키기 위해 그들이 귀가하기 직전에 다시 켰다. 텔레비전의 감시가 상황을 통제한다는 기분 좋은 환상을 그들에게 제공했으니까.

트리스탄은 레티시아와 거실 양탄자에 누워 장난감의 형상을 빌려 우주를 탐색했다. 팽이의 신비는 흔들목마의 수수께끼처럼 그들을 매료시켰다. 털 뭉치 토끼나 헝겊 인형처럼 관능적인 피조물도 있었다. 언니는 동생이 왜 그것들을 깨무는지 이해했다. 너무나 탐스러워 깨물지 않고는 배길 수가 없으니까.

몇 살이라도 더 먹은 트리스탄은 어린 동생에게 금방 세탁한 수건을 잘근잘근 씹는 즐거움과 같은 몇몇 비밀을 알려 주었다. 엄마는 대개 마당에 쳐놓은 줄에 빨래를 널어 말렸다. 트리스탄은 동생을 안아 놀라운 냄새가 지배하는 마술적인 장소로 데려갔다. 빨래가 아직 젖어 있으면 세탁비누 맛이 더 많이 났다. 아, 놀라워라! 호기심은 두 자매에게 더 많은 걸 음미해 보게 부추겼다. 양말, 셔츠, 행주, 목욕 장갑도 시도해 봐야 했다. 게다가 그 놀이는 아침에 하는 편이 나았다. 부모가 돌아오기 전에 침 자국이 마르도톡.

트리스탄이 무엇보다 좋아한 건 낮잠이었다. 그녀는 자기 침대에 아기를 눕히고 나란히 누워 자신이 지어낸 자장가를 불러 주었다. 레티시아가 잠에 빠져드는 걸 바라보고 있자면 어마어마한 기쁨이 그녀를 사로잡았다. 동생이 다른 세상으로 건너가는 데 일조한다는 느낌이 그녀를 한없는 감동으로 가득 채웠다.

트리스탄은 그렇게 누워서 잠든 아기의 얼굴을 살피며 살포시 감긴 두 눈꺼풀이 감추고 있는 것을 상상해 보려고, 살짝 벌어진 탐스러운 입술의 황홀경을 함께 나누려고 애썼다. 가끔 아기가 꽉 쥔 주먹을 움직이면, 트리스탄은 아기를 따라갈 수 있겠다는 희망을 품고 그 몸짓을 따라 했다. 그렇게 해서 그녀 역시 낮잠에 빠져

들었다.

그러면 더없이 감미로운 순간, 함께 잠에서 깨어나는 순간이 왔다. 앞서거니 뒤서거니 거의 동시에 마법에서 깨어나는 것. 몸이 무거운 동시에 개운함을, 부드러움의 부하(負荷)로 풀을 먹인 듯 뻣뻣함을 느끼는 것. 자신과 같은 상태에 있는 동생을 꼭 껴안는 것은 서로의 다름과 같음을 동시에 포착하는 일이었다. 트리스탄은 그런 순간을 아주 오랫동안 음미했다.

트리스탄은 품에 성스러운 무게를 안고 층계를 내려가며 〈우리는 우리 집에 있어〉라고 속삭였다. 어떤 영역이 그것을 가장 많이 점유하는 자에게, 그것을 누리고, 그것의 전혀 예상치 못한 가능성을 아는 자에게 속한다면, 두 자매는 확실히 그들의 집에 있었다. 그들은 이중적 의미로 집을 소유했다. 지극히 평범한 이 집은 물리적인 차원에서 뿐만 아니라 영적으로도 아이들의 마법에 의해 사로잡혀 있었다.

어떤 장소에 거주한다는 건 무엇을 의미할까? 그곳에 자신의 영혼을 불어넣는 걸 의미한다. 아이는 무엇에든 영성을 부여하는 능력 덕분에 가장 부적합한 거처에도 애착을 가질 수 있다. 만약 당신의 부엌이 전설적인 장소가 되기를 원한다면, 그곳을 사랑하고, 그곳에서 맛보는 자잘한 행복의 근원이 그 장소에 있다고 확신하라. 아닌 게 아니라, 그것이 진실이다.

거실에는 체스 판이 하나 있었다. 플로랑과 노라는 자주 체스를 두었다. 트리스탄은 체스 두는 법을 모르면서도 아기를 높은 의자에 앉혀 체스 판 앞에 옮겨 놓고는 맞은 편에 앉곤 했다. 레티시아에게 말들을 보여 주고, 너무 쪽쪽 빨지만 않으면 말의 맛을 보게 했고, 말을 체스 판 위에 마구잡이로 늘어놓았다. 어린 동생이 큰 웃음을 터뜨리면 언니도 따라 웃었다. 둘이 체스 두는 시늉을 하는 게 어찌나 재미있던지, 어쩌다 부모가 실제로 체스 두는 걸 보게 되면 실실 웃음이 나오는 걸 억지로 참아야 했다.

트리스탄이 말들을 제자리에 정리하는 걸 깜빡한 어느 날 저녁, 플로랑이 그녀에게 혹시 체스를 두며 노는 거냐고 물었다.

「그냥 흉내만 내는 거예요.」트리스탄이 대답했다.

「내가 가르쳐 줄까?」

트리스탄은 고개를 끄덕였다. 플로랑은 체스 판이 새겨진 탁자에 대해 길게 설명하기 시작했다.

「체스 판이 새겨진 탁자는 아주 드물어. 이건 네 할아버지가 오래전에 고물상에서 샀단다. 값이 꽤 나가는 물건이지. 할아버지는 체스에 관심이 많으셨단다. 체스를 아주 잘 두시기도 했고. 고수들을 초대해 도전하기도 하셨지. 어떻게 보면 체스 때문에 돌아가셨다고도 할 수 있어. 집에 불이 났는데, 체스에 몰두해 못 알아차리셨거든. 마주 앉아 체스를 둔 할머니도 마찬가지였고. 누가 이겼는지는 아무도 몰라. 화재는 불연성인 체스 판과 말들을 제외하고 모든 걸 삼켜 버렸지.」

「불연성이 뭐예요?」

「불이 안 붙는 걸 말해.」

「할아버지가 아빠한테 체스를 가르쳐 줬어요?」

「조금.」

플로랑은 큰딸에게 체스의 규칙을 가르쳐 주었다. 트리스탄은 흥분을 감추지 못한 채 하나하나 새겨들었다.

나중에 플로랑이 레티시아를 안고 있는 트리스탄을 봤을 때, 그녀는 아기에게 말들의 움직임을 설명해 주고 있었다.

그 모습을 본 플로랑이 짜증을 내며 말했다.

「제발, 어린 천재 시늉 좀 그만두지 않을래?」

트리스탄은 설명을 멈췄다. 온몸이 뻣뻣하게 굳고 말았다. 플로랑은 그 말이 얼마나 큰 무게로 큰딸을 짓눌렀는지 결코 알지 못했다.

이튿날, 트리스탄은 눈이 잘 안 보인다는 사실을 확인했다. 그 사실을 알리자, 노라는 그녀를 안과에 데려갔다. 안과 의사는 심한 근시라는 진단을 내렸다. 트리스탄은 그날부터 안경을 썼다. 그녀는 속으로 그 장애를, 아빠가 자신을 심하게 꾸짖었을 때 느낀 부끄러움과 결부시켰다.

1979년 새 학기부터 트리스탄은 초등학교에, 레티시아는 어린이집에 들어갔다.

레티시아의 어린이집 등원은 고통으로 가득했다. 레티시아는 그 생활 방식을 받아들이는 데에 큰 어려움을 겪었다. 거의 매일 울면서 언니를 불러 댔다.

레티시아는 오후 늦게 언니와 재회하고 나서야 마침내 진정되었다. 언니는 동생에게 이별이 불가피하며 일시적인 거라고 설명했다.

「중요한 건 저녁, 아침, 휴일마다 함께하는 거야.」

동생을 생각해 티를 내지 않긴 했지만, 고통스러운

건 트리스탄도 마찬가지였다. 그녀가 학교에서 보이는 모범적인 집중력에는 레티시아가 이별의 아픔을 어떻게 견디고 있을까 하는 지속적인 불안이 섞여 있었다.

트리스탄은 자신이 어린이집을 아주 좋아했다는 사실을 떠올렸다. 하지만 그건 동생과는 아무 상관이 없었다. 그녀에게 사회화는 엄마와의 불편한 대면으로부터 벗어나는, 일종의 진보였기 때문이다.

다행스럽게도 두 자매는 서로를 위해 쓸 시간이 충분히 있었다. 언니는 숙제를 순식간에 해치우는 기술을 터득했고, 매일 저녁 낙원 같은 그들만의 세계를 재창조할 수 있었다.

레티시아는 언니를 경배했고, 트리스탄 역시 동생의 매력에 푹 빠져 있었다.

「세상 모든 자매가 쟤들 같을까?」 어느 날 플로랑이 노라에게 물었다.

「아니. 보베트와 나는 견원지간이었거든.」

안경을 쓴 트리스탄을 처음 봤을 때, 보베트는 손뼉을 쳐댔다.

「안경을 쓰니까 더 총명해 보여.」

트리스탄은 칭찬에 마음이 놓였다.

「학교에서는 같은 반 남학생들이 날 안경 쓴 두꺼비 취급했어요.」

「질투가 나서 그러는 거야.」 보베트가 말했다.

보베트는 함께 있는 두 조카를 보면 눈이 휘둥그레졌다.

「내 애들은 아침부터 밤까지 싸우기만 하는데. 언니는 도대체 어떻게 한 거야?」 그녀가 노라에게 물었다.

「하긴 뭘 해. 나도 몰라.」

「트리스탄이 코제트한테 신경을 덜 쓰면 어떡하나 걱정되네.」

틀린 생각이었다. 가족 모임 때마다 어린 대모는 대녀 코제트를 그들의 목가에 끼워 주려고 성심성의를 다했다. 그러기 위해 트리스탄은 고묘한 방법을 생각해 냈다. 코제트가 없을 때 그 아이가 마치 대단한 인물이라도 되는 양 묘사했다. 없는 사실을 지어낸 건 아니고, 있는 사실을 마치 신화처럼 포장해 제시했다.

「괴물 같은 오빠가 셋이나 있는데 자기 혼자 여자면 얼마나 힘들지 상상해 봐. 그런데 코제트는 마술사처럼 그들을 마음대로 조종한다니까. 그 아이가 오빠들보다 훨씬 꾀바르거든. 그녀가 오빠들한테 말도 안 되는 애길 하는데도, 그게 통해. 어느 날 밤, 오빠들이 자는 걸 방해하자 코제트는 침대 밑에 괴물이 있다고 위협했어. 〈이름이 브롤인데, 내 말만 들어. 내가 브롤한테 오빠들을 잡아먹으라고 명령하면, 무슨 일이 일어나는지 오빠들도 보게 될 거야.〉」

레티시아는 아직 아기였지만 그게 무슨 말인지 알아들었다. 그녀는 코제트를 〈고제트〉라 부르며 숭배했다. 〈고제트〉는 벨기에와 마찬가지로 프랑스 북부에서도 쇼송 오 폼[8]을 가리킨다.

코제트도 레티시아를 애지중지했다. 그들 셋은 소꿉놀이를 하며 함께 플라스틱 잔에 차를 마셨다.

「트리스탄 부인, 따님이 정말 참하네요. 한 살 반인데 벌써 잔을 사용하다니!」

「고마워요, 코제트 부인.」

「고제트!」

「그런데 간식을 요구하는 방식은 아직 거칠군요.」

레티시아가 사용하는 어휘는 트리스탄을 당황하게 했다. 아빠나 엄마는 없었다. 부모가 그 사실을 알아차렸다면 기분 나빠 할 수도 있었을 것이다. 레티시아는

---

8 chausson aux pommes. 주로 따뜻하게 데워서 먹는 애플파이.

〈트리스탄, 난 언니가 보고 싶어〉 혹은 〈오늘 밤은 신나게!〉 같은 말을 했다. 안경을 쓴 사람과 마주치면, 손가락으로 가리키며 화난 표정을 지었다. 그 사람이 언니의 안경을 훔쳐 갔다고 생각하는지 〈트리스탄 안경!〉이라고 외쳤다.

교섭에 능한 트리스탄은 같은 지붕 아래 사는 두 어른의 호칭을 동생에게 가르쳤다. 그렇게 해서 레티시아도 두 살이 되자 〈아빠와 엄마!〉라고 우레와 같은 소리로 인사했다. 그래도 플로랑과 노라는 크게 감동하지는 않았다.

「정상이야. 그럴 나이가 됐잖아.」

그런데 레티시아가 그들을 나누지 않고 한꺼번에 지칭한다는 걸 알아차렸을 때는 태도를 바꿨다. 노라에게도 〈아빠와 엄마〉였고, 플로랑에게도 마찬가지였다. 트리스탄은 레티시아가 집합을 하나로 합쳐 버린 것은 아닌가 생각했다. 그래서 부모를 안심시킬 요량으로 설명을 내놓았다.

「아빠와 엄마가 떼어 놓을 수 없는 사이라 그래요.」

「그렇다면 널 트리스탄과 레티시아라고 부를 수도 있겠구나.」

「그래 주면 저야 정말 좋죠.」

반목은 거기까지였다. 트리스탄은 반에서 1등이 아니라 전교에서 1등이었다. 일곱 살인데도 국어와 산수를 5학년 학생들보다 잘했다. 그런데도 동생과 틈이 더 벌어지는 걸 원치 않아 월반을 한사코 거부했다.

게다가 트리스탄이 보기에 학교의 가치는, 사회적 관계에 있었다. 그녀는 아이들 한 명 한 명에 열중했다. 전반적인 화목에 신경을 썼을 뿐 아니라, 아이들 각각에도 지대한 관심을 보였다.

1학년 반에 아주 뚱뚱한 남자애가 있었다. 따돌림을 당하는 데 익숙했던 죄렌이 대뜸 트리스탄에게 위협을 가했다.

「네 안경을 부숴 버릴 거야.」

「유감이네. 그러면 내가 널 못 볼 거야.」

「더 잘 됐지, 뭐!」

「난 널 바라보는 게 좋아.」

「너 뚱뚱한 애들 좋아하니?」

「넌 뚱뚱하지 않아. 넌 비행선처럼 생겼어.」

「그게 뭔데?」

「타이어 로고를 새기고 하늘에 떠다니는 풍선.」

당황한 남자애가 따졌다.

「난 타이어가 아냐.」

「아니, 넌 비행선이야. 넌 언진가 하늘을 날 수 있을 거야. 그렇게 되면 나도 데려가 줄래?」

그녀는 늘 아이들에게 먼저 다가갔지, 그 반대 경우는 없었다. 그녀는 내심 마음이 아팠다. 관심의 대상이 되는 것, 그게 어떤 건지 그녀도 알고 싶었으니까. 가만히 생각해 보면, 전혀 유혹할 필요가 없었던 유일한 사람은 보베트 이모였다. 그래서 이모에게 전화를 걸었다.

「이모, 이모는 늘 저를 좋아했어요?」

「널 보자마자.」

「왜요?」

「그냥, 왜?」

「사람들은 이모처럼 자동으로 날 좋아하지는 않아요.」

「안경 때문에 그래.」

「아뇨, 안경 쓰기 전부터 그랬어요. 사람들은 내가 먼저 다가가면 날 좋아해요.」

「잘됐네.」

「예. 그런데 사람들은 왜 먼저 나에게 다가오지 않

아요?」

보베트는 결국 설명을 찾아냈다.

「네가 너무 똑똑해서 그래. 지레 겁을 먹는 거지.」

트리스탄은 그 대답에 만족하려고 애썼다. 하지만 아뿔싸, 그녀는 벽 너머로 부모가 나누는 대화를 듣고 말았다.

「트리스탄이 좀 더 예뻤으면 좋았을 텐데, 아쉬워.」 엄마가 말했다.

「왜 그렇게 생각해? 트리스탄은 아주 예뻐. 섬세하잖아. 얼굴도 예쁘고, 머릿결도 좋고, 안경도 잘 어울려.」

「그래, 당신 말이 맞아. 내가 표현을 잘못했어.」

「문제가 뭔데?」

노라가 잠시 시간을 끌다가 말했다.

「생기가 없어서 침울해 보여.」

「전혀 그렇지 않아. 트리스탄은 또랑또랑하고 매력적이고…….」

「그래, 나도 알아. 자주 보면 아주 비범하다는 걸 알게 되지. 그런데 그게 겉으로는 보이질 않아. 그냥 침울한 여자애처럼 보여.」

트리스탄은 아빠가 반박할 거라는 희망을 품은 채 숨

을 멈추고 기다렸다. 그런데 아무리 귀를 기울여도 부모가 자기 전에 아낌없이 나누는 키스와 애무 소리 말고는 아무것도 들려오지 않았다.

따라서 두 가지 가능성밖에 없었다. 아빠가 끔찍한 평결에 동의했거나, 그들이 거행하는 사랑의 의식보다 훨씬 덜 중요한 주제에 대해 충분히 얘기했다고 생각했거나. 아니면 둘 다이거나.

레티시아는 새근새근 자고 있었다. 트리스탄은 발끝을 세우고 살금살금 욕실로 가서 안경을 쓰고 거울에 비친 자기 모습을 바라보았다. 스스로는 절대 그런 생각을 하지 않았을 것이다. 그런데 엄마가 적절한 표현을 했다. 〈침울한 여자애〉라고.

〈침울한〉. 이 얼마나 끔찍한 형용사인가! 그 말을 기분 좋게 들을 방법은 결단코 존재하지 않았다. 게다가 그 말은 얼마나 정확한지! 실제로 그녀에게는 광채가 전혀 없었다. 엄마가 한 말의 정확성이 그녀를 그 자리에 얼어붙게 했다.

침울한 여자애에게는 희망이 전혀 없었다. 뚱뚱한 여자애는 살을 뺄 수 있다. 못생긴 여자애도 예뻐질 수 있다. 침울한 여자애는 어떻게 해야 할까? 어떻게 해야 없던 광채가 생겨날 수 있을까? 부모가 강조한 것처럼 그녀는 광채 없이도 늘 뛰어난 방식으로 행동했기 때문에 뛰어남 만으로는 아무것도 바꿀 수 없으리라는 걸 그녀도 알고 있었다.

트리스탄은 비극의 근원을 분석하려고 애썼다. 보통 얼굴에서 빛을 발하는 건 눈이다. 그녀의 눈은 정상적으로 빛을 발했고, 안경이 그 빛을 반사했다. 그렇다면?

트리스탄은 비교를 통해 이해해 보려고 애썼다. 비교 대상이 동생 말고 또 누가 있겠는가? 레티시아의 반짝이는 눈길이 곧바로 떠올랐다. 그녀는 그 눈길을 거울에 비친 자신의 눈길과 비교했고, 자신의 눈길이 반짝이지 않는다는 사실을 분명히 확인했다.

그렇다면 과연 이를 고칠 수 있을까? 그녀는 눈길 속에 광채와 반짝임을 주입하려고 애썼다. 헛일이었다. 그녀의 눈이 반짝이지 못하게 하는 것은 아주 깊은 슬픔이었다.

〈나는 왜 이다지도 슬플까?〉 그녀는 스스로 물어보았다. 해답이 마음에서 저절로 솟아났다. 그건 아빠와 엄마가 늘 자기들끼리만 따로 놀기 때문이다. 그들의 태도에서는, 그들에게 그녀가 꼭 필요하다는 사실을,

그녀가 자기들 삶의 핵심이라는 암시를 드러내는 게 아무것도 없었다.

침울한. 그녀의 비극에 걸맞은 그저 그런 형용사. 아빠와 엄마가 그녀를 사랑하지 않거나, 아주 악질이거나, 그녀를 때리거나, 그녀에게 무관심한 게 문제가 아니었다. 상황은 그보다 더 안 좋았다. 그 미지근함에 맞서서 뭘 할 수 있을까? 아무것도 없었다. 반응이 미지근하다고 해서 하늘에 대고 복수를 부르짖는 사람은 없다. 이건 하찮은 고통이다.

〈그들은 레티시아한테도 똑같이 대해. 그런데 레티시아는 침울하지 않고, 눈을 반짝거려. 왜지?〉 여기서도 해답은 수수께끼에 속하지 않았다. 레티시아는 태어나자마자 트리스탄이 곁에서 사랑으로 품어 주고 관심을 쏟아 주었기 때문에 생애 첫 5년을 그녀처럼 일종의 무(無) 속에서 보내지 않았다. 레티시아는 열성적인 언니의 지속적인 눈길 덕분에 최상의 조건에서 삶으로 깨어났다.

트리스탄은 레티시아의 사막 횡단을 면해 줬다는 생각에 기쁨을 느꼈다. 그런데 바로 다음 순간에 깊은 슬픔이 그녀를 따라잡았다. 그녀는 자신의 상태가 치유

불가능하다는 걸 알고 있었다. 미지근함을 겪으며 보낸 다섯 해가 그녀의 영혼에 심어 놓은 건 그 무엇으로도 고칠 수 없었다. 첫 몇 해 동안 부모는 그녀의 눈 깊숙한 곳에 피웠어야 할 사랑의 불씨를 피우지 않았다. 〈이미 너무 늦었어.〉 그녀는 늘 이렇게 되뇔 터였다.

〈난 여덟 살이고, 내가 침울하다는 것을, 그리고 그것이 나아지지 않으리라는 걸 알아.〉 그녀는 생각했다. 그리고 내면에서 뭔가가 발끈했다. 〈엄마는 내가 침울해 보인다고 말했어. 하지만 그렇게 보일 뿐이야. 내가 그렇게 가장할 줄 안다는 뜻이지. 그건 오히려 좋은 카드야.〉

사기가 약간 올라왔다. 하지만 모양새가 트리스탄에게 유리하게 돌아가질 않으니, 그녀로서는 숙명과 영원히 싸워야만 할 터였다. 또한 그녀는 그 광채의 부재 때문에 사람들이 자신에게 먼저 다가오지 않는다는 것도 이해했다. 잠재적인 슬픔에 절대적인 절망을 추가하지 않으려면, 받아들이는 편이 나을지도 몰랐다.

트리스탄은 잠자리로 돌아갔다. 〈침울한 여자애〉라는 말이 음산한 동요처럼 뇌리에 맴돌았다. 그녀는 그것이 자신의 콤플렉스가 되리라는 것을, 심지어 20년

혹은 40년 후에도 자신을 그 자리에 얼어붙게 만들려면 세 글자로 충분하리라는 것을 알았다. 〈모든 영혼에는 자신만의 상처가 있어. 이게 내 상처가 될 거야.〉 그녀는 이렇게 선포했다. 여덟 살의 나이에 그토록 혹독한 지혜를 갖는 건 흔치 않은 일이다.

그 후로 그녀는 누군가를 만날 때마다 자신을 알아봐줄 불꽃을 찾아 상대방의 눈길부터 살폈다. 눈길이 반짝이지 않으면, 남모를 공통점 때문에 고통스러워했다. 그녀의 눈빛이 잃어버린 불꽃의 자리는 깊이가 채울 터였다.

레티시아는 점점 자랐고, 호기심 어린 눈길로 세상을 관찰하기 시작했다. 뭔가 이해되지 않는 게 있으면 곧바로 언니에게 물었다. 그녀가 다니는 유치원은 트리스탄의 학교와 붙어 있었다. 트리스탄은 휴식 시간에 동생을 보러 갈 수 있었고, 동생은 언니를 보자마자 달려와 품에 안겼다.

「난 우리 언니 정말 싫어. 걸핏하면 나하고 싸우려 든다니까.」 두 자매가 얼싸안는 광경을 보고 신기한 듯 마갈리가 레티시아에게 말했다.

레티시아가 놀란 표정을 짓자, 그녀가 말을 이었다.

「언니가 날 때리지 못하게 엄마가 말려서 얼마나 다행인지 몰라.」

「내 동생도 마찬가지야.」블랑딘이 거들었다.

이렇게 해서 레티시아는 언니나 동생이 반드시 수호 천사는 아니라는 사실을 알게 되었다. 집안의 평화를 위해 형제자매 간의 일에 부모가 개입한다는 사실도.

두 자매는 학교에서 함께 걸어서 귀가했고, 긴 대화를 나눌 좋은 기회가 되었다.

「언니, 모든 자매가 우리 같지는 않나 봐. 마갈리는 언니가 못됐고, 블랑딘은 동생이 못됐대.」레티시아가 먼저 말을 꺼냈다

「우린 운이 좋아, 안 그래?」

「마갈리 말로는 엄마가 그들을 떼어 놓는대. 언니는 이해가 돼?」

「끔찍하네.」

「우리 엄마도 언젠가는 우리를 떼어 놓고 싶어 할까?」

「절대.」

「언니는 어떻게 확신할 수 있어?」

「엄마는 그럴 생각조차 하지 않을 거야.」

「왜?」

레티시아는 〈왜?〉를 현기증이 날 정도로 쏟아 내는 그런 나이였다.

「엄마는 우리 말고도 신경 쓸 게 많으니까.」

「그럼, 아빠는?」

「마찬가지야.」

레티시아가 곰곰이 생각해 보다 물었다.

「우리 부모는 좋은 부모야?」

「아주 좋은 부모지.」

트리스탄은 동생이 무슨 말을 하려는 것인지 이해했다. 질문이 거기서 멈춰서 한결 마음이 놓였다.

집으로 돌아오자, 트리스탄은 츠콜릿 우유 두 사발을 준비했다. 간식 시간은 완벽한 순간이었다. 이상적인 삶이 다시 시작되었다.

「우리 반 아이들은 하교하고 집에 가면 텔레비전을 본대.」

「우리 반 애들도 마찬가지야. 너, 텔레비전 보고 싶니?」 트리스탄이 물었다.

「아니, 난 언니랑 노는 게 더 좋아.」

자매는 함께 그림을 그리며 몇 시간을 보냈다. 가끔은 서로에게 말, 기차, 자동차를 그려 보라고 주문하기도 했다. 그러고는 자기가 그린 작품을 비교하며 자지러지는 웃음을 터뜨리기도 했다.

「자동차 문 위에 노란색으로 칠해 놓은 건 뭐야?」

「아이가 창문으로 토를 한 거야.」

때로는 둘이 학교나 크리스마스 풍경을 묘사하는 일에 매달리기도 했다. 세부 사항에 대해 서로 의논해 가면서.

「보베트 이모는 소파 위에 누워 있게 할까?」

「저녁 먹기 전인지, 후인지에 따라 다르지.」

트리스탄은 놀면서도 수시로 시간을 살폈다. 그러다 부모가 귀가할 시간이 다가오면 텔레비전을 켜놓고 노는 데 방해가 되지 않게 소리를 껐다.

어느 날, 레티시아가 텔레비전을 보지도 않으면서 왜 켜놓느냐고 물었다.

「그래야 아빠와 엄마가 안심하니까.」 트리스탄이 대답했다.

「왜?」

「아빠와 엄마는 텔레비전이 우리를 돌본다고 생각하거든.」

「소리가 안 나도?」

「그래.」

「아빠와 엄마는 텔레비전이 마술을 부린다고 상상하

는 거야?」

「응.」

레티시아는 부모가 정신이 좀 박약하다는 사실을 의식하기라도 한 것처럼 깜짝 놀란 표정을 지었다. 트리스탄이 웃으며 덧붙였다.

「환상을 품고 있게 내버려둬.」

「환상이 뭐야?」

「좋긴 해도 사실이 아닌 어떤 걸 믿는 거야.」

「왜?」

「그래야 기분이 좋으니까.」

「난 싫어.」

「네가 옳아. 하지만 어떤 사람들에겐 그게 필요해.」

집으로 돌아온 노라가 텔레비전 소리를 켰다. 그런데 그녀는 저녁 식사를 하기 전에는 절대 텔레비전 앞에 앉지 않았다. 레티시아가 궁금증을 이기지 못하고 텔레비전을 보지도 않으면서 소리는 왜 켜놓느냐고 물었다.

「그래야 적적하지 않으니까?」엄마가 대답했다.

「적적한 게 뭐야?」

「마치 아무도 없는 것 같은 거야.」

「아무도 없진 않잖아.」

「그래, 네 말이 맞아. 설명은 못 하겠는데, 할머니가 늘 그렇게 말한단다.」

트리스탄은 보베트 이모의 행동에 훨씬 더 많은 의미가 있다고 생각했다. 이모 집에 가면 텔레비전이 늘 켜져 있었다. 보베트 이모는 쉬지 않고 보니까. 그녀는 모든 방송 프로와 사회자를 알고 있었다. 가장 좋아하는 진행자와 편지까지 주고받았다.

트리스탄은 이모에게 줄 크리스마스 선물로 성녀 클레르의 성상이 어떠냐고 엄마에게 제안했다.

「그건 또 무슨 뚱딴지같은 소리니?」 엄마가 물었다.

「클레르가 텔레비전의 수호 성녀라고 배웠거든요.」 트리스탄이 대답했다.

「성녀 클레르의 수난이 죽음이 찾아올 때까지 형편없는 방송 프로를 보는 거였다는 말이니?」

성녀 클레르가 텔레비전의 수호 성녀인 이유는 아무도 몰랐지만, 생뚱맞게도 보베트는 정말로 성녀 성상을 선물로 받았다. 성상은 그 후로 보베트가 가장 좋아하는 진행자가 헌정한 사진들과 함께 텔레비전 옆에 떡하니 자리를 잡았다.

초등학교 1학년이 되었을 때, 리티시아는 언니의 성스러운 평판이 학교에 널리 퍼져 있다는 사실을 알게 되었다.

「네가 트리스탄의 동생이구나.」 사람들은 마치 그녀가 명문가에 속하는 사람이라도 되는 양 말했다.

그것은 양날의 검이었다. 다행스럽게도 레티시아는 상황을 잘 받아들일 수 있을 정도로 총명했다. 그녀는 자신이 수없이 많은 걸 알고 있어도 사람들이 그리 놀라지 않는다는 사실을 기분 나빠하지 않았다. 그랬다, 그녀는 이미 2년 전부터 글을 읽고 썼다. 그래도 전혀 우쭐대지 않았다. 트리스탄의 동생이라는 자존심을 훨씬 더 높은 곳에 올려놓고 있었기 때문이었다.

그래서 그녀는 읽는 법을 익히지 못하는 아이들을 봐도 우월감을 느끼지 않았다. 그 불행한 아이들이 트리스탄의 동생이 아니라는 사실을 헤아렸으니까.

게다가 레티시아는 트리스탄에게 없는 재능을 갖고 있었다. 그녀는 체육과 음악에서 특출난 성적을 거뒀다. 레티시아가 기타를 배우겠다고 하자, 트리스탄이 흥분해서 물었다.

「기타? 피아노가 아니고?」

「난 록 가수가 되고 싶어.」

언니는 여섯 살배기 동생의 입에서 나온 말에 탄복하지 않을 수 없었다.

일반적으로 레티시아는 재기발랄하고 생기로 가득했다. 말썽꾸러기 같은 구석이 있었고, 아주 건방지게 굴기도 했다. 그러면 선생님은 모두가 트리스탄을 칭찬할 때와는 사뭇 다른 어조로 얘기했다.

「넌 트리스탄의 동생이잖니.」

마치 동생은 언니의 얌전함을 당연히 물려받아야만 한다는 듯. 열한 살의 트리스탄은 그런 비교를 비웃었다. 약간 부끄럽기도 했다. 얌전한 게 싫었으니까. 그녀로서는 자신이 그런 성향을 선택한 게 아닌 것 같았다. 그녀는 할 수만 있다면 자신도 동생처럼 무례하게 굴 수 있었으면 싶었고, 동생이 행한 놀라운 위업들을 대견해했다.

이 모든 건 그녀의 마음속 깊은 곳에서 〈침울한 여자애〉라는 끔찍한 평결을 떠올리게 했다. 사람들이 〈트리스탄의 얌전함〉이라고 일컫는 것은 그녀의 아킬레스건을 긍정적으로 지칭하는 방식에 지나지 않았다. 침울한 게 천성이라면, 어떻게 그것에서 벗어날 수 있을까?

〈그건 내 천성이 아냐. 홀로 자라서 그런 것뿐이야.〉 그녀는 속으로 이렇게 생각하곤 했다.

「우리 아빠와 엄마는 다른 부모들보다 우리한테 신경을 덜 써.」 어느 날 레티시아가 트리스탄에게 말했다.

「일을 하시잖니.」

「다른 부모들도 대부분 일해. 그렇다고 해서 아이들에게 덜 신경 쓰지는 않아.」

「아빠와 엄마가 우리에게 더 신경을 쓰면 좋겠니?」

「나도 모르겠어. 그냥 정상이면 좋겠어.」

대답을 들은 트리스탄이 웃으며 말했다.

「아빠와 엄마가 우리에게 신경을 더 쓰면 너와 내가 단둘이 지내는 시간이 줄어들 거야.」

레티시아가 곰곰이 생각해 보고는 말했다.

「아빠와 엄마가 우릴 사랑한다고 생각해?」

「물론이지.」 트리스탄이 대답했다.

「아빠와 엄마가 우릴 충분히 사랑한다고 생각해?」

「충분히 사랑하는 게 어떤 건데?」

동생이 언니를 향해 잔뜩 화가 난 눈길을 던졌다. 트리스탄은 자꾸 있는 문제를 없다고 부인하다가는 기만의 증거만 내놓게 된다는 걸 깨달았다. 그래서 심호흡을 한 다음 선언하듯 말했다.

「있잖아, 레티시아. 우리 부모에게는 특별한 뭔가가 있어. 둘은 서로를 사랑해.」

「아빠와 엄마가 누굴 사랑한다고?」

「서로 말야. 둘은 사랑에 빠져 있어.」

「당연하지, 결혼했으니까.」

「아니, 훨씬 복잡한 거야. 결혼한 다른 사람들을 봐. 사랑이 금방 식고 말아. 그냥 같이 사는 거야. 그게 다야. 우리 부모는 마치 막 약혼한 사람들처럼 서로를 사랑해.」

레티시아가 그 정보를 꼼꼼히 따져 보고는 말했다.

「내 친구 폴린의 부모는 이혼한대.」

「그래, 그런 일이 생기지. 폴린에게는 힘든 일이야. 네 친구는 자기 부모가 우리 부모처럼 서로를 사랑하면 좋겠다고 생각할 거야.」

그 결론이 받아들일 만하다고 여겨졌는지 레티시아가 말했다.

「다른 자매들은 우리만큼 서로 사랑하지 않아. 마찬가지로 다른 부모들도 우리 부모만큼 서로 사랑하지 않아.」

「그게 세상사를 보는 좋은 방식이지.」

「난 언니랑 결혼하고 싶어.」

「나도. 우리 비밀리에 결혼하자.」

「비밀리에? 왜?」

「금지된 거니까. 형제자매끼리는 결혼할 수 없어. 괴물 같은 자식들이 나오거든.」

「윽, 그건 싫어.」

「그래.」

트리스탄이 비밀 예식을 준비했다. 레티시아를 위해 두꺼운 종이를 오려 오페라 모자를 만들고, 플라스틱 반지 두 개를 어렵사리 구하고, 하얀 베일로 된 커튼을 잘라 머리에 썼다. 정신 분열증에 걸린 복화술사처럼 신부(神父)와 신부(新婦)의 역할을 동시에 했다.

레티시아는 결혼식에 신이 났다. 그녀는 당연한 것처럼 배분된 역할에 대해 아무 생각도 없었다. 그러나 트리스탄은 이에 관해 약간 생각했다. 레티시아는 남자아이와 혼동하기 불가능한 매력적인 여자아이였다. 그런데 왜 그녀가 신랑의 역할을 부여받았을까? 레티시아가 훨씬 더 주장이 강하고, 콤플릭스가 없으며, 저돌적이었으니까.

어느 날, 자매가 체스를 두며 놀았는데 끔찍한 일이 일어났다. 평소처럼 트리스탄이 이겼다. 그런데 갑자기 레티시아가 화가 나 빽 소리를 지르더니 말들을 바닥에 내던지고 자기 방으로 달려가 버렸다.

트리스탄이 쫓아가 왜 그러냐고 물었다.

「앞으로 언니랑 안 놀 거야!」

「그냥 놀이잖아.」

「나, 이혼할 거야!」

트리스탄은 그냥 웃어넘기려고 애썼지만, 속으로는 극심한 고통을 느꼈다. 동생을 존중했기에 일부러 져줄 수는 없었다. 나중에는 동생이 실제로 자신보다 체스를 더 잘 두게 되리라는 걸 알고 있었다. 최선을 다해서 두는 게 레티시아의 지능을 길러 줄 수 있는 가장 확실한 방법이었다. 하지만 동생의 자존심이 상하리라고는 한 번도 상상해 본 적이 없었다.

트리스탄과 레티시아가 다투는 경우는 극히 드물었다. 적의를 드러내는 건 늘 레티시아였지만 뒤끝이 없었다. 언제 그랬느냐는 듯 곧 풀어졌다. 하지만 그 짧고 드문 갈등이 트리스탄에게는 한없는 고통이었다. 그녀는 평화의 주도권을 레티시아에게 줘야 한다는 걸 알고 있었고, 화가 풀릴 때까지 기꺼이 기다렸다. 그래도 매번 마음에 상흔이 남기는 했다.

체스 사건으로 레티시아는 그다음 날까지 심통을 부렸다. 신기록이었다. 토라진 상태로 언니가 침실로 가도록, 다시 말해 자지 못하게 내버려둔 건 처음이었다.

트리스탄은 지옥의 밤을 보냈다. 동생이 금세 잠들어 새근거리는 소리를 들은 만큼 더 그랬다. 그녀는 진심으로 자책했다. 〈다섯 살 터울이면 많은 거야. 내가 그것도 알아차리지 못하고 있었다니. 매번 지니까 레티시아가 굴욕감을 느꼈을 거야. 날 영영 사랑하지 않으면 어떡하지? 아, 차라리 죽고 싶어.〉

밤에 겪는 고통은 천배 더 아픈 법이다. 열한 살의 여자아이에게는 고통의 대양을 가로지르는 일에 버금갔다. 아침이 되자 얼마나 번민에 시달렸는지 온몸의 뼈가 아릴 정도였다.

레티시아는 장미처럼 신선한 모습으로 깨어났다.

「여전히 나랑은 이혼이야?」 트리스탄이 물었다.

「아니. 언니, 바보 같아!」

레티시아가 언니의 침대로 풀쩍 뛰어 와서는 그녀를

안았다. 트리스탄은 두 번 다시 자신을 그렇게 몰인정하게 대하지 말라고 요구하고, 자신이 밤새 잠도 못 자고 어떤 고통을 겪었는지 말해 주고 싶었다. 하지만 마음속에서 기쁨이 너무나 강하게 파도쳐서 이내 포기하고 말았다. 하지만 그녀는 자신을 쥐고 흔들어 안 좋은 상황으로 내몰 취약점을 내면에서 발견했다는 걸 알았다. 에이, 하지만 레티시아가 그런 걸 어떻게 이해할 수 있겠는가? 그녀는 겨우 여섯 살이었다.

그리하여 트리스탄은 전심전력으로 동생을 품에 꼭 껴안는, 그 형용할 수 없는 행복에 빠져들었다.

1985년 12월 2일, 보베트는 자기 삶을 실패라고 평가했다.

31일 오후 11시, 빈 맥주 캔이 가득 쌓인 탁자, 담배 꽁초가 수북한 재떨이. 텔레비전 앞에 누워 그녀는 어두운 생각에 빠져들었다. 〈나이 서른둘에 아이가 넷, 나에겐 미래가 없어. 내가 뭘 원했는지도, 원하는지도 모르겠어. 이건 아냐. 나에게 좋은 일이라곤 일어나지 않을 거야. 더 정확히 말해, 나에겐 아무 일도 일어나지 않을 거야.〉

보베트는 감기에 걸렸고, 신경이 극도로 곤두섰다. 그녀는 모든 걸 끝내기로 마음먹었다. 그녀는 어마어마한 노력을 기울여 기어가다시피 오븐까지 가서, 문을 열고 가스를 틀었다. 그러고는 다시 소파에 쓰러져 곧바로 잠들었다.

잠에서 깬 그녀는 모든 걸 까맣게 잊어버렸다. 감기로 코가 막혀 후각이 둔해진 탓에 방 안을 가득 채운 가스 냄새를 맡지 못했다. 아침마다 잠에서 깨어나자마자 그녀가 하는 첫 행동은 담배에 불을 붙이는 것이었다.

아파트가 폭발했다.

다행스럽게도 보베트는 맨 위층에 거주하고 있었다. 따라서 피해는 그녀의 집으로 한정되었다. 사망자도 부상자도 없었다. 기적 같은 일이었다.

이 일로 보베트는 집을 잃고 말았는데, 그뿐이라면 얼마나 다행이겠는가! 보베트가 계속 아이들을 돌볼 수 있는지 판단하기 위해 복지 담당 부서의 조사가 이루어졌다. 결정을 내리기 어려웠다. 보베트의 진술이 매번 달라졌으니까.

「가스가 새는 걸 내가 어떻게 알 수 있었겠어요?」

「코제트가 장난으로 가스를 틀어 놓은 거예요.」

「내가 원래 감기에 걸리면 정신을 못 차려요.」

그 사이, 네 아이는 할머니가 데리고 있었고, 결국 장녀에게 도움을 청했다.

「이대로 가다간 내가 미쳐 버릴 것 같아.」

「코제트는 제가 데리고 있을게요.」노라가 대답했다.

「내가 기대했던 게 바로 그거란다. 남자애들은 구제 불능이야. 하지만 막내는 아직 구할 수 있어.」

트리스탄과 레티시아는 기뻐했다. 가장 좋아하는 사촌과 함께 지내게 됐으니까. 플로랑은 트리스탄과 레티시아의 침대 사이에 야전 침대를 설치했다. 그러자 걸어 다닐 공간이 전혀 없는, 이부자리로 꽉 찬 드넓은 공간이 마련되었다. 깔깔 웃음으로 가득 채워지게 될 공간이.

열 살 꽁지머리 코제트는 배짱이 남달랐다. 임기응변이 뛰어났고, 웬만한 일에는 눈 하나 깜짝하지 않았다. 불가항력의 매력덩어리였다.

두 자매는 코제트를 우상처럼 환영했다. 열두 살인 트리스탄과 일곱 살인 레티시아는 코제트가 유년 사용법을 가지고 있다고 생각했다. 그녀와 함께 있으면 생활 자체가 불법이 되었다. 코제트는 여러 기적을 행했다. 사탕을 훔쳤고, 온갖 욕설의 의미를 알았으며, 몸의 위아래, 두 개의 통로에서 마음대로 공기를 내보낼 수도 있었다. 세 여자아이는 말썽꾸러기 삼 형제를 경멸

한다는 점에서도 마음이 통했다. 그들이 저지른 혐오스러운 짓거리가 너무나 많았기에 코제트의 이야기는 끝이 없었다.

「있잖아, 자키가 딸딸이 치는 법을 알아냈어.」

「딸딸이? 그게 뭐야?」레티시아가 물었다.

코제트의 설명.

「웩!」레티시아가 소리쳤다.

「그럼, 너도 그거 하는 모양이구나.」

「천만에! 난 고추가 없는걸.」

코제트의 설명.

「난 그런 거 안 해.」레티시아가 말했다.

「내가 가르쳐 줄까?」

「내 동생 가만 좀 놔둬.」트리스탄이 끼어들었다.

그들은 남자애들이, 가급적 가까이하지 않는 게 나은, 정신 나간 종자라는 결론에 도달했다.

「난 너희 둘처럼 레즈가 되고 싶어.」코제트가 선언했다.

「레즈? 그게 뭐야?」레티시아가 물었다.

「우린 레즈 아냐.」트리스탄이 잘라 말했다.

「결혼해서 함께 사는 여자들.」코제트가 대답했다.

레티시아는 언니를 향해 깜짝 놀란 눈길을 던졌다. 트리스탄은 아무 말 없이 고개를 저었다. 트리스탄은 일곱 살 동생이 끝내 비밀을 지켜서 마음이 놓였다. 둘 다 코제트를 무척 좋아했지만, 그게 아무것도 감추지 말아야 할 이유는 아니었다.

생활의 균형이 틀어졌다. 식탁에 앉으면 아빠와 엄마는 영속적인 목가를 중단하고 조카가 내뱉는 터무니없는 소리에 귀를 기울이지 않을 수 없었다.

「아냐, 코제트, 실업자라고 해서 모두 게으름뱅이인 건 아냐.」

「엄마가 그렇다고 했어요.」

「그럼, 네 엄마는 무슨 돈으로 살아가고 있는데?」

「복지 수당으로요.」

「그게 실업하고 뭐가 다른데?」

「완전히 다르죠. 엄마는 남편도 없이 자식 넷을 키우잖아요.」

아빠와 엄마는 그냥 입을 다무는 쪽을 택했다.

학교에서 돌아오면, 트리스탄은 코제트에게 숙제를 시키느라 애를 먹었다.

「그럼, 우리라도 숙제하게 제발 좀 내버려둬.」

「조건이 하나 있어. 언니가 내 숙제도 해 줘.」

「좋아. 하지만 내가 너 대신 공부해 줄 순 없어.」

「내일 아침 학교 가는 길에 언니가 나한테 가르쳐 주면 되잖아.」

코제트는 플로랑의 전축에 자신이 가장 아끼는 음반, 소프트 셀[9]의 「테인티드 러브Tainted Love」를 틀어 놓고 춤을 추면서 따라 불렀다. 그런 상황에서는 숙제에 집중하기도, 함께 춤추고 싶은 욕망에 저항하기도 어려웠다.

이튿날 아침 학교 가는 길, 트리스탄은 숙제에 나온 지리 혹은 생물학의 개념을 차근차근 설명하려고 애썼지만, 코제트는 한 귀로 듣고 다른 귀로 흘렸다. 레티시아는 배짱 두둑한 불량 학생 코제트를 찬탄의 눈길로 우러러보았다.

그래도 코제트는 한 번도 유급을 당하지 않았다. 필기 시험을 보면 옆 학생의 답안을 들키지 않고 베꼈고, 구두시험을 보면 동정심을 자극해 선생님을 구워삶았다.

「전 〈내일, 날이 밝자마자〉[10]를 차마 외울 수가 없어

<hr>

9 Soft Cell. 1980년대에 인기를 끈 영국 신스팝 듀오.

10 「Demain, dès l'aube」. 빅토르 위고가 센강에 빠져 죽은 어린 딸을

요. 우리 엄마가 빅토르 위고에게 경의를 표하며 저에게 코제트라는 이름을 붙여 준 게, 우리 이모가 물에 빠져 죽었기 때문이거든요.」

가끔은 더 말도 안 되는 핑계를 서슴지 않고 내세우기도 했다.

「어제는 정신 병원에 갇힌 엄마에게 면회를 가는 바람에 공부할 수가 없었어요.」

학교 책임자들은 코제트의 집에 무슨 일이 있었는지 대충이라도 알고 있었고, 그래서 코제트는 20점 만점에 10점밖에 얻지 못했다. 어떻게든 처벌은 면했지만, 그녀에게는 불행한 일이었다.

보베트는 너무나 잘 지낸다는 단순한 이유로, 정신 병원에 그다지 오래 머물지 않았다. 약물도 그녀에게는 그리 큰 영향을 미치지 못했다. 그녀는 금방 텔레비전을 찾아냈고, 그 앞에서 살다시피 했다. 담배를 피우러 정원에 나가면 늘 몇몇 추종자가 따라붙었는데, 그녀는 이런 얘기를 늘어놓았다.

「정신 나간 것들, 난 너희가 참 좋아. 온순하기 짝이

기리며 쓴 시.

없거든.」

한 간호사가 화가 났는지 무슨 권리로 그들을 차별하느냐고 물었다.

「굳이 알고 싶다면, 나는 아무도 차별하지 않아. 그들이나, 당신이나, 나나, 다 똑같아.」

복지부에서는 할머니에게 딸과 손자 셋을 집으로 다시 데려갈 수 있겠느냐고 물었다. 할머니는 울며 겨자 먹기로 받아들이면서 담당 부서에 딸 식구가 묵을 거처를 하루라도 빨리 구해 달라고 거듭 당부했다.

「따님께서 책임 있는 개인으로서 자식들을 돌볼 수 있다고 생각하세요? 따님은 본인과 자식뿐 아니라 주민들까지 모두 죽일 뻔했어요.」

「보베트에게는 술 문제가 있었어요. 그런데 병원에서 지내다 보니 자연스럽게 끊었어요.」

그 문제에 관해 질문을 받은 보베트는 죽을 때까지 맥주는 입에도 대지 않겠다고 선언했다. 그녀는 시험 삼아 할머니 집으로 보내졌다.

할머니는 딸에게 니키, 알랭, 자키처럼 끊임없이 말썽을 일으키는 손주들을 돌보기에 자신이 너무 늙었다고 말했다.

「괜찮아요. 이젠 내가 있으니까.」보베트가 말했다.

「너까지 말썽부리지 마. 안 그래도 힘에 부치니까.」

보베트는 언니에게 전화를 걸어 〈엄마가 최근에 한 망발〉에 대해 얘기했다.

「안 됐네. 하지만 엄마 마음 이해돼.」노라가 말했다.

「제길, 지지해 달라고 전화했더니 한다는 말이 고작 그거야?」

「난 네 딸을 돌보고 있어. 그 정도면 지지로 나쁘지 않잖아, 안 그래? 네가 정신을 똑바로 차려야 해, 보베트.」

「그만 해, 언니가 잔소리를 해대면 맥주 생각이 간절해지니까.」

노라가 언성을 높이기 시작했다. 코제트가 울음을 터트렸다. 직감적으로 개입해야겠다고 생각한 트리스탄이 끼어들어 말했다.

「보베트 이모, 언제 올 거예요? 너무, 너무 보고 싶어요!」

이모와 조카 사이에는 마술적인 유대가 있었다. 서로에 대해 탄복했기 때문에 서로에게서 가장 훌륭한 것을 끌어냈다. 보베트는 자신을 깊이 사랑하는 어린 조카에게 찬탄을 금하지 못했고, 트리스탄도 마음속으로는 엄마보다 이모를 더 좋아했다. 엄마는 차갑고 순응주의적이었지만, 사회적 문젯거리로 여겨지는 이모의 뜨거운 열의는 너무나 마음에 와닿았으니까.

「나도 네가 보고 싶어! 두고 보렴, 내가 꼭 해낼 테니까.」 조카가 실망할 거라는 생각만 해도 견딜 수 없었던 보베트가 말했다.

여름이 끝나갈 즈음, 멀지 않은 임대 아파트에 자리가 났다. 코제트는 엄마와 오빠들 곁으로 돌아가기 전에 대모인 트리스탄과 길게 토론했다.

「있잖아, 난 엄마랑 있으면 힘들어. 난 내가 언니였으면 좋겠어. 엄마는 언니를 높이 평가하고 존중해. 엄마는 내가 엄마의 어린 시절과 판박이처럼 닮았대. 그래서 나한테 애정이 안 생기는 거야.」

「이모는 자신을 사랑하지 않는구나. 불쌍한 이모.」

「불쌍한 건 나야! 난 엄마가 날 사랑하면 좋겠어.」

「나도 그러기를 바라.」

「노라 이모가 언니한테 살갑게 굴지 않는 건 사실이야.」

「그렇다고 나쁜 건 아냐. 아빠만 사랑해서 그런 거지.」

「적어도 언니는 하나는 갖고 있잖아. 아빠의 사랑.」

「꼭 그렇지도 않아.」

「엄마한테는 그게 부족한 것 같아. 집에 남자가 있으면 저렇게 되는 대로 살진 않을 텐데. 나, 가끔 밤에 텔레비전을 켜놓고 소파에서 잠든 엄마를 보러 가곤 해. 그러곤 엄마처럼 되느니 차라리 죽고 말겠다고 다짐하지.」

「넌 이모처럼 되지 않을 거야.」

「맞아. 난 나중에 커서 뭐가 될까?」

「레티시아가 록 그룹을 만들 거야. 기타를 치면서 노래를 부를 거래. 난 드럼을 치는 널 상상해.」

코제트가 황홀하다는 듯 눈을 크게 떴다.

「그렇게 생각해?」

「난 확신해.」

그리고는 묘한 일이 일어났다. 코제트의 기쁨이 한순간에 지워졌다. 거의 곧바로 어두운 베일이 트리스탄의 환하게 빛나던 눈길을 뒤덮었다. 왜 그러는지 물어봐야 했을까? 어린 대모는 그것이 좋은 전략이 아니라고 생각했다.

「있잖아, 트리스탄, 내 삶에서 최고의 순간은 언니랑 있을 때야. 잘난 척하고 껄렁대는 것도 레티시아와 언니를 놀라게 해주려고 그러는 거야. 혼자 있을 때는 얼마나 따분한지 몰라.」

「다른 누군가가 필요한 건 정상이야. 나도 너랑 있는 게 좋아.」

「조금 전에 내가 우리 엄마에 대해 말하는 걸 듣고 언니는 아마 내가 언니를 부러워한다고 생각했을 거야. 그런데 내가 부러워하는 건 오히려 레티시아야. 그 아이를 무척 좋아하긴 하지만. 내가 원했던 건 바로 그거야. 언니 동생이 되는 거.」

「네가 얼마나 좋은 걸 가졌는지 알아도 그럴까?」

「내가 어떤 좋은 걸 가졌는데?」

「너한테 나의 가장 큰 비밀을 털어놓을게. 아무한테도 말한 적 없어. 날 시름시름 앓게 만드는 게 있는데, 내가 침울한 여자애처럼 보인다는 거야.」

「말도 안 돼. 대체 무슨 소릴 하는 거야?」

「웃지 마. 내가 그 때문에 얼마나 괴로워하는지 네가 안다면!」

「미쳤어? 트리스탄, 언니는 세상에서 가장 총명하고

재미있는 사람이야.」

「이건 내가 입을 열면 해결이 돼. 그런데 아무 말도 안 하고 있으면 사람들은 내가 있는지도 몰라. 난 그냥 침울한 여자애야.」

「언니가 자신을 그렇게 여긴다니, 참 기가 막히네.」

트리스탄은 코제트에게 우연히 엿들은 아빠와 엄마의 대화를 전해줬다.

「이모부와 이모는 눈을 장식품으로 달고 다니는 거야 뭐야!」 코제트가 버럭 소리쳤다.

「아까 내가 레티시아의 록 그룹에 대해 말했잖아. 네가 드럼을 맡으면 좋겠다고. 그런데 넌 나에게 나는 어떤 악기를 맡을 거냐고 묻지 않았어. 그건 내 침울한 외모 때문에 네가 록 그룹에서 활동하는 나를 상상할 수 없기 때문이야.」

「말도 안 돼! 그건 언니가 프랑스 대통령이 될 거라서야.」

「어쨌거나 이런 이야기는 백날 해봐야 소용없어. 이제 넌 내 문제를 알고 있어. 내가 네게 말하고 싶은 건, 누구나 자기 문제에서 벗어나기 힘들다고 느낀다는 거야.」

코제트가 심각한 표정으로 고개를 끄덕였다. 열두 살과 열 살밖에 안 된 두 여자아이는 그들 자신도 모르게 제 나이보다 훨씬 어른스러운 표정을 짓고 있었다.

코제트가 가족에게 돌아가자, 플로랑과 노라는 안도의 한숨을 내쉬었다.

「나도 코제트를 많이 좋아하긴 해. 하지만 그 애는 너무 시끄러워! 앞으로는 집안이 아주 조용해질 거야. 너희도 마침내 너희 둘만의 이중창을 다시 시작할 수 있게 될 거고. 너희가 내심 기뻐하고 있을 거라고 난 확신해.」

트리스탄은 대답을 얼버무렸지만, 감히 내뱉지 못하는 말대꾸가 혀끝에 매달렸다. 〈내심 기뻐하는 사람은 방해받지 않고 둘만의 목가를 이어가게 된 아빠와 엄마잖아요!〉

둘만 남게 되자, 트리스탄이 동생에게 말했다.

「너하고만 있게 돼서 너무 좋아. 하지만 코제트는 자기 존재로 우리의 이중창에 뭔가를 더해 주는 유일한 사람이야, 그렇게 생각하지 않니?」

「코제트가 보고 싶어.」

「나도 그래.」

열세 살이 되던 해, 트리스탄의 키가 무려 13센티미터나 컸다. 그게 그녀를 불안에 빠트렸다. 어떤 날은 혼자 욕실에서 거울을 보다가 더럭 겁이 나기도 했다.

「계속 이렇게 크다가는 내 머리가 거울을 벗어나서 안 보이겠는걸.」그녀가 말했다.

「그럼 내가 언니의 거울이 되어 줄게. 언니가 예쁘다고, 혹은 머리를 자를 때가 됐다고 말해 줄게.」레티시아가 말했다.

학교에 가면, 몇몇 고학년 여자애들이 관심을 끌려고 자신이 누구와 사귄다는 얘기를 지어내 늘어놓기도 했다. 반면에 트리스탄은 남학생들과 순수한 친구 관계를 유지했다. 그녀는 로맨스를 꾸며 내 친구들에게 떠벌리는 여학생들을 전혀 질투하지 않았다.

어느 날, 트리스탄은 교실로 들어서다가 여학생 몇 명이 자기 애기를 나누는 걸 우연히 발견했고, 교실 문 턱에 서서 대화를 엿들었다.

「트리스탄, 걔는 그 정도면 꽤 괜찮은데, 뭐랄까, 좀 칙칙해.」

「맞아. 그나마 말이라도 하면 얼굴에 생기가 돌아서 좋아지는데, 안 그러면 어딘지 어두워 보여.」

트리스탄은 발끝을 세우고 그 자리에서 달아났다. 세 상 무슨 일이 있어도 그 새침데기들에게 자신이 그들의 대화를 엿들었다는 걸 들키고 싶지 않았다. 그녀는 화 장실에 틀어박혀 엉엉 울었다. 평범한 뒷담화일 뿐이라 고 생각하며 마음을 추슬렀고, 그깟 일로 마음 아파하 지 않으리라 다짐했다. 하지만 아뿔싸, 들은 걸 안 들은 걸로 할 수는 없었다. 마음 한편으로 사춘기도 그 저주 를 전혀 바꿔 놓지 못한다고 결론지었다.

레티시아가 기타를 배우러 가서 혼자 시간을 보내야 했던 어느 날 오후, 트리스탄은 부모의 서가에서 책 한 권을 꺼내 들었다. 콜레트[11]의 『청맥(靑麥)』, 그녀는 이

---

11 Sidonie Gabrielle Colette(1873~1954). 프랑스 작가, 국민적 사랑

책에 푹 빠지고 말았다. 별달리 노력하지 않아도 지루함 없이 읽히는 소설은 여러 권 읽어 보았지만, 콜레트의 소설에서 발견한 건 종류가 다른 것이었다. 그녀는 흥미 이상의, 쾌감을 느꼈다. 그것은 이야기 자체보다 쓰인 방식에서 기인했다.

트리스탄은 동생이 돌아와서 자신을 보고 있다는 걸 문득 알아차렸다.

「언니가 그렇게 푹 빠져서 책 읽는 걸 한 번도 본 적이 없어.」 레티시아가 말했다.

「잘 쓴다는 게 어떤 건지 드디어 알게 됐어.」

동생이 언니 곁으로 와서 자리를 잡았다.

「나도 보여 줄래?」

트리스탄이 펼쳐진 책을 내밀었다. 레티시아가 명민한 눈으로 들여다보았다.

「나중에 읽을래.」 레티시아가 마침내 말했다. 「나도 기타를 잘 치는 게 어떤 건지 발견했거든.」

「네가 직접 기타를 치면서?」

을 받은 배우이자 언론인. 노벨문학상 후보에 올랐고, 프랑스에서 국장을 치른 두 번째 여성이기도 하다. 『청맥』은 젊은 남녀가 감정적, 성적인 사랑에 입문해 가는 과정을 다룬 소설이다.

「아니. 선생님이 레드 제플린의 음반을 들려줬어. 나도 그렇게 음악을 하고 싶어.」

「아빠와 엄마한테도 그 음반이 있지, 아마?」

두 자매는 확인하러 갔다. 아닌 게 아니라, 부모가 이젠 거의 사용하지 않는 전축 옆에 레드 제플린을 비롯해 엘피판 40여 장이 가지런히 꽂혀 있었다.

트리스탄이 음반을 틀었다. 자매는 경건한 태도로 함께 음악에 귀를 기울였다.

「정말 끝내주네!」트리스탄이 외쳤다.

귀가한 아빠가 트리스탄에게 어린 동생을 레드 제플린 음악에 입문시키는 건 좋지 않은 일이라고 말했다. 하지만 그녀는 오히려 레티시아가 자신이 이 세계를 발견하게 해주었다고 대답했다. 아빠는 그게 얼마나 터무니없는 일인지 알아차리지 못했다.

「근데 아빠는 왜 이젠 음악을 안 들어?」레티시아가 플로랑에게 물었다.

플로랑은 뭐라고 대답해야 할지 몰랐다. 삶에 안착한 사람들 대부분에게 일어나는 일, 예전에 그들을 매료시켰던 것에 애착을 잃는 일이 노라와 그에게도 일어난 것이다. 이러한 진실은 음악이라는 영역에서 특히나 두 드러진다.

흔히 사람들은 어느 정도 나이가 들면 새로운 음악을 좋아하게 되지 않는다고 말한다. 그러나 이런 표현만으로는 충분하지 않다. 나이가 아주 많지 않더라도, 사람들은 젊을 때 좋아했던 음악도 아예 듣지 않는다. 음악은 보통 청소년기의 열정이다. 사람들은 계속 책도 읽고, 여행도 하고, 이국적인 요리에 입문하고, 새로운 사람들도 만난다. 하지만 그들에게 새로운 노래를 들려줘 보라. 당신은 이런 반응을 맞닥뜨리게 될 것이다. 「있잖아, 나는 비틀스에서 멈췄어.」 사실, 그들은 비틀스도 듣지 않는다.

음악적 천재성은 수학적 천재성과 마찬가지로 아주 어린 시절에 드러난다. 물론 너무 늦어서 작가, 철학자, 화가가 되지 못하는 법은 없다. 하지만 수학자다운 수학자, 작곡가다운 작곡가가 되려 한다면 거의 언제나 너무 늦다. 천재성의 진실은 수용 측면에서도 확인된다. 음악과 수학을 받아들이기에 너무 늦은 시기는 금세 온다. 이 두 분야는 절대적 투신을 요구하는 영역이다.

배경 음악은 그 현상의 반례가 아니라 가장 슬픈 증

거다. 나이 든 사람들은 워낙 음악을 듣지 않다 보니 승강기 음악이라 불리는(부당하게도!) 게 생겨났다. 대개, 승강기 음악은 수준 높은 재즈다. 그 탁월한 음악을 변변찮은 것으로 만드는 건 사람들이 강요받는 청취의 수준이다. 예를 들어, 라신[12]의 작품을 슈퍼마켓에서 낭독해도 마찬가지다. 모두가 승강기에 듀크 엘링턴[13]의 곡을 틀 생각을 하면서, 아무도 라신의 시구를 낭독할 생각을 안 했다는 것은 의미심장하다.

겨우 여덟 살인 레티시아는 그것을 정확하게 표현하지는 못했지만 직감적으로 알았다. 그녀가 느닷없이 아빠에게 물었다.

「레드 제플린의 기타리스트가 누구게요?」

「잠깐만……. 기억이 안 나네.」

「지미 페이지. 잊었군요!」

「이름만.」

「그럼, 그의 솔로 곡 아무거나 흥얼거려 봐요.」

플로랑은 어이가 없을 정도로 서툴게 「스테어웨이

12 Jean Baptiste Racine(1639~1699). 프랑스 고전주의 시대를 대표하는 비극 작가.

13 Duke Ellington(1899~1974). 미국 피아니스트, 재즈 작곡가.

투 헤븐Stairway to Heaven」비슷한 걸 흥얼거렸다. 놀라울 정도로 관대하지 않고는 그 형편없는 흥얼거림을 문제의 노래로 알아듣기는 힘들었다. 딸의 망연자실을 느꼈는지 플로랑이 노래를 멈추고는 말했다.

「일하고 막 돌아온 참이라 피곤해서 그래.」

두 딸은 방으로 돌아갔다. 레티시아가 자기도 지미 페이지 같은 기타리스트가 되고 싶다고 언니에게 선언했다.

「노래는 안 부르고?」

「언니는 내가 지미 헨드릭스처럼 되기를 바라는 거야?」

「그게 누군데?」

레티시아가 침통한 표정으로 언니를 쳐다보았다.

「언니, 이 세상 사람 맞아?」

트리스탄이 웃음을 터뜨렸다.

「내가 언니처럼 열세 살이라면 록 콘서트부터 가겠어.」

「그게 어디에서 열리는데?」

「도무지 아는 게 없군. 베르히터 록 페스티벌.[14] 여기

---

14 벨기에에서 가장 유명한 록 페스티벌. 원래 Torhout-Werchter라 불

서 40킬로미터 거리야.」

「내가 벨기에까지 어떻게 가겠어?」

「자전거 타고.」

「레티시아, 록 가수가 되고 싶어 하는 건 너야.」

「언니는 뭐가 되고 싶은데?」

「아무 생각 없어.」

「언니는 책을 좋아하니까 내 작사가가 될 수도 있을 거야.」

「내 느낌으로는, 넌 그런 걸로 내가 필요하지 않아.」

「어쨌거나 내가 그룹 이름을 이미 생각해 뒀어. 레 프뇌,[15] 어때?」

「왜 레 프뇌야?」

「귀에 착착 감기잖아.」

「그래. 하지만 의미가 없잖아.」

「아무렴 어때. 록에서 중요한 건 소리야.」

트리스탄은 그 명언에 큰 충격을 받았다.

「나중에 설명해 줘. 난 록에 대해선 아무것도 모르니까.」

러는데, 요즘은 워낙 유명해져서 그냥 Rock Werchter이라 칭한다.

15 Les Pneus. 일반명사로는 〈타이어들〉이라는 뜻이다.

「록은 무엇보다 느낌이야.」

레티시아는 롤링 스톤스, 더 후, 퀸, 캣 스티븐스, 데이비드 보위, 루 리드의 어마어마한 명곡들을 펼쳐 놓았다.

「톱 50에 든 노래들하고는 다른 것들이네. 그래도 퀸과 데이비드 보위가 톱 50에 들기는 했지.」 트리스탄이 말했다.

「그건 사고지.」

「레 프뇌는 아마 톱 50에 오를 거야.」

「그 단계를 후딱 넘어설 거야.」

여덟 살배기 꼬마가 이 정도로 배짱이 두둑한데, 어떻게 트리스탄이 넋이 나갈 정도로 찬탄하지 않을 수 있었겠는가? 그녀는 자신의 끊임없는 사랑과 관심이 이에 한몫했다는 생각에 가슴이 부풀어 올랐다.

한편, 코제트는 레티시아가 결성한 록 그룹에서 드럼을 칠 거라고 보베트에게 알렸다.

「난 오히려 네가 트리스탄의 비서가 됐으면 좋겠어. 그 아이는 커서 프랑스 대통령이 될 거니까.」

「엄마, 내가 비서가 될 상으로 보여요?」

「아니, 아쉽게도.」

「나, 드럼 사 줘요.」

「이웃들이 우릴 경찰서에 고발하라고?」

코제트는 어쩔 수 없이 청소년 문화 회관으로 갔다. 그곳에 드럼이 한 대 있기는 했지만, 한 얼간이가 늘 불법으로 점거하고 무기력하게 솔로 곡을 쳐댔다.

「저한테 좀 양보해 줄래요?」코제트가 기다리다 지쳐 물었다.

「이건 또 뭐야? 웬 꼬마 여자애가 나한테 이래라저래라야.」

「꼬마 여자애가 뭘 할 줄 아는지 보여 줄게요.」그녀가 드럼 채를 집어 들며 쏘아붙였다.

그녀는 드럼에 자리를 잡고 앉아 억눌린 분노를 한껏 토해 냈다. 예사롭지 않은 일이 벌어지고 있다는 걸 의식한 지도 강사가 달려왔다. 코제트는 그에게 사촌들의 전화번호를 불러 줬고, 연락을 받은 사촌들은 쏜살같이 달려왔다.

「바로 그거야!」레티시아가 소리쳤다.

열한 살인 코제트는 열세 살처럼 보였지만, 레티시아는 자기 나이인 여덟 살처럼 보였다. 지도 강사는 그 꼬마가 레 프뇌의 리더라는 사실을 좀처럼 받아들이지 못했다.

「내 목소리가 아직 앳돼서 그래. 하지만 곧 변할 거야. 더 빨리 변하게 담배를 피울 거야.」

「노래도 부를 모양인가 보지?」트리스탄이 물었다.

「응, 지미 헨드릭스처럼 기타를 연주하면서 노래도 부를 거야. 그래서 기타 연습할 때 구구단을 외어. 손과 두뇌를 따로 놀리는 법을 익히려고.」

「드럼, 보컬, 기타는 마련됐네. 근데, 트리스탄 언니는 뭘 할 거야?」

「베이스.」레티시아가 대답했다.

「난 그룹에 안 들어갈 거야. 나한테는 그럴 능력이 없어.」

「당연히 언니도 그룹에 낄 거야. 그러니 베이스를 배워.」레티시아가 명령했다.

「네가 기타를 얼마나 잘 치는지는 모르지만, 보스 기질이 있네.」지도 강사가 끼어들었다.

「그것만큼은 꼭 필요하지.」

트리스탄은 베이스를 배우기 시작했고 자신이 이 악기를 너무나 좋아한다는 사실을 발견했다. 그때까지 자기 스스로도 몰랐던 면모와 잘 맞았다. 그녀답게 솔페지오[16]를 깊이 공부했다.

「못 해 먹겠지?」 레티시아가 말했다.

「아냐, 안 그래. 너무 재미있어.」

「하여간 별나다니까. 솔페지오를 좋아하는 사람은 아무도 없어.」

트리스탄은 자신의 그런 면모가 창피했다. 문법과 수학을 좋아하는 것도 그녀뿐이었다. 자부심을 느끼기는 커녕 거기서 〈침울한 여자애〉라는 자신의 비밀이 또다시 확인되는 것 같았다.

이 창피함에 또 다른 창피함이 추가되었다. 적어도 그전까지는 자신이 정상적인 여자애로 보였다. 그런데 열네 살이 된 트리스탄은 자기 몸이 빵 도마처럼 판판하다는 걸 알아차렸다. 그녀는 코제트와 거의 동시에 생리를 시작했다. 성장이 빠른 대녀는 대모보다 더 성숙해 보였다.

16 solfeggio. 음악의 기초 교육 가운데 시창력, 독보력, 청음 능력 따위를 기르는 교과 과정의 이름. 원래 악보를 모음이나 도레미의 음절로 부르는 연습법을 의미하였다.

「내가 뚱뚱해서 그래.」열두 살 코제트가 말했다.

「말도 안 돼.」트리스탄이 대답했다.

「엉덩이가 큰 거, 록 가수한테는 문제 아냐?」

「정반대야.」레티시아가 이렇게 말하고는 퀸의 노래를 흥얼거렸다. 〈패트 바텀드 걸스, 유 메이크 더 로킨월드 고 라운드!Fat bottomed girls, you make the rockin' world go round!〉

「그럼 나는?」트리스탄이 물었다.

「언니는 새로운 패티 스미스야. 비쩍 마른 만큼, 천재적인.」

사실, 트리스탄은 베이스를 연주하는 게 무엇보다 좋았다. 레티시아는 통찰력이 있었다. 베이스는 트리스탄과 궁합이 잘 맞았다. 베이스는 없어서는 안 되지만 귀에는 거의 들리지 않는 음을 냈다. 사람들은 이를 느낄 뿐이었다. 베이스는 그룹의 메트로놈이었다. 베이스 연주자는 거의 언제나 밴드에서 가장 나대지 않는 인물이 맡는다.

트리스탄은 고대 라틴어와 그리스어 과목에서 아주 뛰어난 성적을 거뒀다. 그녀는 이오니아 애가(哀歌)풍의 이행시로 된 가사를 레 프뇌에 제안했다.

「맙소사, 트리스탄, 읽을 줄도 모르는 걸 어떻게 노래
로 부르라는 거야?」

「내가 가르쳐 줄게. 쉬워.」

「난 프랑스어 록도 반댄데, 라틴어는 하지 않을
거야.」

「라틴어가 아니라 그리스어야. 게다가 막 써 놓은 게
아니야.」

「싫어. 영어로 써주면 안 될까?」

「내가 보장한다니까. 그리스어는 리듬감이 아주 뛰
어난 언어야.」

트리스탄은 리듬을 살려 가며 가사의 첫 부분을 읽
었다.

「록에 어울리지 않아.」레티시아가 딱 잘라 말했다.

코제트가 트리스탄에게 어린 보스를 어떻게 참아 내
느냐고 물었다.

「믿으니까.」트리스탄이 대답했다.

세 여자아이는 레 프뇌에 병적으로 집착했다. 1987년
부터 1989년까지 모든 자유 시간은 그룹에 바쳐졌다.
실력은 일취월장했다.

레티시아는 열한 살이 되자 혁명 기념일에 마을 회관에서 연주하는 건 이제 지긋지긋하다고 선언했다.

「우리에겐 페스티벌이 필요해. 난 우리가 베르히터록 페스티벌에 참가했으면 해.」

「언젠가 네가 그곳이 여기서 40킬로미터 거리에 있다고 했던 거 기억 나? 40킬로미터가 아니라 95킬로미터야.」

「언니는 열여섯 살이면서 운전도 못 하다니!」

「아직 불법이야.」

그들 셋 중에 코제트가 가장 광적이었다. 드럼에 대한 열정과 실제적인 재능을 넘어서서, 레 프뇌 활동 자체를 구원의 마지막 수단으로 여기고 집착했다.

「레 프뇌가 없으면 난 엄마처럼 삐뚤어지고 말 거야.」

「보베트 이모는 삐뚤어지지 않았어. 게다가 이모는 널 세상에 태어나게 했어.」

「그러니까.」

트리스탄과 레티시아는 쓴웃음을 지었다. 열네 살이 된 이후로 코제트는 그들을 불안에 빠트렸다. 언제부턴가 아예 먹지를 않았다. 아름다웠던 몸매가 햇볕에 눈 녹듯 녹아 버렸다.

「넌 예전이 훨씬 나았어.」트리스탄이 말했다.

「이제 삐쩍 마르니까 언니를 닮았지.」

「넌 나보다 더 말랐어. 다행스럽게 날 닮지도 않았고.」

「적어도 엄마를 닮지 않아서 다행이야.」

거식증은 당시에 새로운 현상에 속했다. 사람들은 그 증상을, 폐결핵처럼 젊은 여자들이 잘 걸리는 시적인 질병이라 말했다. 보베트는 한참 지난 다음에야 딸에게 문제가 있다는 걸 알아차리고 겁에 질려 호들갑을 떨었다.

「나의 코제트, 도대체 왜 그러니?」

「엄마는 나보다 트리스탄 언니를 더 좋아했어. 그래서 난 언니보다 더 말라깽이가 됐어.」

「난 트리스탄을 너보다 더 좋아해 본 적이 없어. 그리고 그게 야위는 거랑 무슨 상관이니?」

「엄마는 분명히 그걸 바랐어.」

거식증보다 더 안 좋은 것은 거식증에 걸린 자식을 둔 부모의 입장이다. 자식의 자멸을 무기력하게 지켜보게 된다. 그들은 사람들 눈에 이 비통한 일이 그들의 책임으로 비친다는 것을 안다. 뭔가 잘못을 저지른 것 같기는 한데, 그게 뭔지 알 수가 없다. 그래서 지난 10년 동안 혹시라도 자식에게 상처가 될 말을 했는지 끊임없이 되씹어 본다.

거식증은 마귀에게 홀리는 것과 공통점이 있다. 악령에게 사로잡힌 자식은 자기 엄마를 탓하는 경향이 있다.

「엄마는 내가 과자를 더 먹으려고 하면 늘 혼을 냈어! 이제 결과에 만족하지?」

「만족? 아니, 도리어 끔찍해. 게다가, 난 더 먹겠다는 널 혼내지 않았어. 먹으라고 권하지 않았을 뿐이야. 그건 아주 달라.」

「엄마가 보기엔 내가 뚱뚱했어?」

「전혀. 언젠가 네가 뚱보라고 알려 주는 것보단, 네가 먹보가 되지 않도록 막는 편이 더 쉬워 보였어.」

피할 수 없지만 부질없는 대화. 거식증에 걸린 자식은 엄마를 원망한다. 원래 그렇다. 게다가 아파트 가스 폭발과 알코올 중독 등, 엄마에게 악감정을 품을 심각한 이유가 부족하지 않았던 코제트는 엄마를 비난하기 위해 이런저런 구실들을 내세웠다.

「개를 죽이고 싶은 사람은 그 개가 광견병에 걸렸다

고 주장하지.」보베트는 결국 이렇게 말했다.

「그래, 그냥 엄마에게 아무 잘못도 없다고 말하지 그래?」

「그 말이 아냐. 나는 분명 잘못을 저질렀어. 내가 잘못했으니까 용서해 줘.」

「참 쉽기도 하네!」

전혀 쉽지 않았다.

보베트는 눈물을 훌쩍이며 트리스탄에게 전화를 걸어 도움을 청했다.

「트리스탄, 네가 나의 유일한 희망이야. 내 딸이 날 미워해.」

「아니에요, 이모, 코제트는 이모를 사랑해요. 그냥 화가 나서 그러는 거예요.」

「그 아이한테 뭐라고 말 좀 해줘. 제발 부탁이야.」

거식증에 걸린 사람에게 말을 거는 건 불가능한 임무다. 그래도 트리스탄은 시도해 보았다.

「너, 죽고 싶니?」

「아니.」

「그렇게 계속 굶다가는 죽게 된다는 거 너도 알지?」

「아니.」

「아니라니? 모른다는 거야?」

「난 안 죽을 거야.」

「그래? 그럼 다시 먹기 시작할 거야?」

「아니.」

「아니, 아니, 아니! 아니라고 외면 일어날 일이 안 일어난다고 믿는 거야?」

「아니.」

「난 널 사랑해. 난 네가 스스로 죽어 가는 모습을 보고 있어.」

「날 믿어 줘.」

「너야 믿지. 하지만 병은 안 믿어.」

트리스탄은 다른 어휘를 알지 못해 병이라고 명명했을 뿐, 알 수 없는 어떤 힘의 존재를 분명히 느꼈다. 거식증이 낫는 게 어려운 이유는 뭔가에 사로잡혔다가 벗어나는 게 그토록 끔찍한 일이기 때문이다.

레티시아는 그룹에 더 열정을 쏟아 보라고 코제트에게 제안했다. 멍청한 생각은 아니었다. 새것이 옛것을 대신하기 마련이니까. 드럼 주자가 록에 사로잡힌다면, 질병의 영향력이 줄어들 터였다. 그런데 불행하게도 코제트가 너무나 허약해졌다는 게 연주에서도 느껴졌다.

「네 분노가 폭발하게 내버려둬. 개들을 풀어 놓으라고!」

「그러고 있잖아.」

「넌 투쟁심이 떨어졌어. 드럼과 거식증, 둘 중 하나를 택해야 해.」

「레티시아, 그만해.」 트리스탄이 개입했다.

「뭐야, 계집애처럼 조심조심 구는 거야?」

「레티시아가 옳아, 트리스탄. 지금 내 혈관에는 피 대신 탕약이 흘러. 난 굼벵이처럼 연주하고 있어. 문제는 내가 아무것도 먹을 수 없게 되어 버렸다는 거야.」

「그럼, 마셔!」 레티시아가 코카콜라 캔을 건네며 말했다.

코제트는 초인간적인 노력을 들여 달콤한 음료를 몇 모금 들이켰다. 설탕과 카페인의 혼합은 핵폭탄의 위력을 발휘했다. 코제트가 너무나 광적으로 드럼 독주에 돌입하는 바람에 레티시아는 기적이 일어났다고 믿었다.

「그래, 그게 바로 너야!」

트리스탄은 어쩔 줄을 모르고 서 있었다. 이상하게 보일 수도 있지만, 코제트를 병원에 입원시킬 생각을 한 사람은 아무도 없었다. 당시에는 그 당연한 조치가 떠오르지 않았다. 보베트는 어쩌면 의식의 어두운 한 구석에서, 당국이 코제트의 병에 대해 알게 된다면 이미 전과가 있는 그녀에게서 아이들의 양육권을 가차 없이 앗아 가리라는 짐작을 하고 있었을 것이다.

어느 날 아침 6시에 전화벨이 울렸다. 트리스탄은 당장 일어나 전화를 받아야 한다는 걸 직감했다.

「나, 코제트. 와줘.」

트리스탄은 자전거를 타고 코저트에게 쏜살같이 달려갔다. 코제트가 아파트 아래에서 기다리고 있었다.

「난 죽어 가는 중이야.」

「지금 무슨 말을 하는 거야?」

「내가 무슨 말을 하는지는 내가 알아. 어제저녁부터 시작됐어. 기온이 25도인데 추워 죽겠더라고. 그래서 뜨거운 목욕을 하고 침대에 누웠어. 그러고는 밤새 덜덜 떨었고.」

「열이 있어?」

「36도 5부. 이젠 너무 추운데도 몸이 떨리지 않아. 오한은 몸에서 오는 좋은 반응이지. 내 몸은 이제 그조차 못해.」

「병원에 가자.」

「너무 늦었어.」

마치 자기 말을 부인하듯, 코제트는 버려진 냉장고가 떡하니 서 있는 가까운 폐기물 처리장으로 달려갔다. 그러고는 그 옆에 무릎을 꿇고 앉아 트리스탄에게 애원했다.

「이걸 내 위로 밀쳐 줘!」

「미쳤어?」

「이 냉장고는 불안정하게 서 있어. 언제든 사고로 날 덮칠 수 있어. 내가 확인해 봤어. 내가 거식증으로 죽으면 그건 엄마 잘못이 될 테고, 그러면 엄마는 오빠들에 대한 양육권을 잃을 거야. 내가 사고로 죽으면 아무 문제 없어.」

「난 널 죽이고 싶지 않아!」

「어차피 난 죽을 거야! 이른 시각이라 목격자도 없어.」

「내가 있잖아.」

「난 언니가 우리 엄마를 사랑한다고 생각해.」

자기 말의 효력을 확신한 코제트는 트리스탄에게 장갑 한 켤레를 던지고 바닥에 드러누웠다. 트리스탄은

넋이 나간 상태로 대녀를 안아 주고는 장갑을 끼고 냉
장고를 밀었다. 냉장고가 코제트를 덮치자, 그녀는 돌
아보지 않고 뛰어 달아났다.

모뵈주[17] 임대 아파트 폐기물 처리장에서 발생한 사고는 커다란 반향을 불러일으켰다. 쓰러진 냉장고 밑에서 여자애의 시신이 발견된 것이다 지나다니는 아이들을 덮칠 수도 있는 대형 폐기물을 그렇게 방치하다니, 그건 추문이었다. 뇌이쉬르센[18]이었다면 그런 사고는 절대 일어나지 않았을 것이다.

보베트는 무너져 내렸다.

「운명이 내 딸을 악착같이 따라다니며 괴롭힌 거야! 이미 먹지도 못하는데 냉장고가 덮치다니.」

17 Maubeuge. 프랑스 북부 노르 주에 있는 도시. 벨기에와 가깝다.

18 Neuilly-sur-Seine. 파리 근교에서 가장 부유하고 주거 비용이 비싼 위성 도시.

레티시아는 많이 울었다. 트리스탄은 눈물 한 방울도 흘릴 수 없었다. 생명력을 잃은 정도가 아니라 아예 좀비가 되었다.

노라가 그녀를 흔들어 깨웠다.

「코제트에게 일어난 일이 끔찍하긴 하지만, 혹시라도 그 아이의 길을 따라 걸을 생각은 마. 코제트에게는 미래가 없었지만, 너한테는 있잖아.」

트리스탄은 어떻게 그런 말을 할 수 있느냐는 표정으로 엄마를 쳐다보았다.

레티시아는 코제트 대신 드럼을 칠 사람을 구하러 다녔다. 트리스탄은 베이스 주자도 다른 사람을 찾아보라고 말했다.

「언니도 날 놔버리는 거야?」

「레티시아, 코제트가 없는 네 그룹에서 내가 어떻게 연주할 수 있겠니?」

「내 그룹이 아냐. 우리 그룹이지.」

「더 이상 우기지 마.」

트리스탄은 자신이 그 끔찍한 비밀을 누군가에게 털어놓고 싶은지조차 알 수 없었다. 대화를 나눌 수 있는 상대를 아무리 상상해 봐도 코제트 말고는 없었다.

지칠 대로 지친 그녀는 어느 날 밤 마음속으로 죽은 대녀에게 말을 걸었다.

「나의 코제트, 내가 얼마나 힘들어하는지 좀 봐. 난 심지어 네가 해달라는 대로 해준 스스로가 믿어지질 않아. 너에게는 죽음, 나에게는 후회만 남았어.」

그 순간, 트리스탄은 내면에서 들려오는 코제트의 목소리를 들었다.

「고마워, 언니. 그게 내가 바라던 거였어. 언니가 날 구원했어.」

트리스탄이 그 목소리를 듣고 놀라운 평안이 번지는 걸 느끼는 동안, 목소리가 이어졌다.

「난 나에게 씌였던 마귀보다 더 강했어. 그 마귀는 나를 통해 엄마를 파괴하고자 했지만 언니의 도움 덕분에 이제는 사라지고 없어.」

「하지만 네가 살아 있지 않잖아.」

「아무렴 어때! 지금 언니도 보다시피, 세상에 삶만 있는 건 아냐.」

「날 두고 가지 마. 나에겐 네가 필요해.」

「난 늘 언니 곁에 있을 거야.」

그 순간부터 트리스탄의 상태는 훨씬 나아졌다. 주변

사람들도 안도의 한숨을 내쉬며 이렇게 말했다. 〈최악의 순간은 지나갔어. 그 애는 시련을 극복했어.〉

레티시아가 다시 물고 늘어졌다.
「드럼 주자를 찾았어. 브누아라는 애야. 이제 언니만 오면 돼.」
대모는 내면의 대녀에게 물었고, 대녀는 이렇게 답했다.
「돌진해! 레 프뇌, 너무 좋잖아.」
열여섯 살 브누아는 그룹을 혁신하길 원했다.
「노래를 프랑스어로 하든지, 아니면 그룹 이름을 영어로 바꿔야 해.」
열한 살 레티시아는 곧바로 리더가 누군지 확실히 해두기 위해 나섰다.
「레 프뇌가 더 타이어스보다 훨씬 귀에 잘 들어와. 그리고 우리는 영어로 노래할 거야. 네가 마음에 들지 않아도 바뀌는 건 아무것도 없어.」
레 프뇌 멤버들과 함께 연주하면서, 트리스탄은 코제트가 연습을 지켜보며 자신에게 음악을 계속할 수 있도록 기쁨을 불어넣는 걸 느꼈다.

「브누아, 저 애, 꽤 하네. 저 애가 언니한테 마음이 있는 거, 언니도 알아?」

「말이 되는 소리를 해.」

트리스탄은 눈을 떴고, 죽은 대녀의 말이 사실이라는 걸 알아차렸다. 그녀는 기분이 좋기보다 당황스러웠다. 그런 경우 어떻게 행동해야 하는지 몰랐기 때문에 아무런 반응도 보이지 않았다.

브누아가 결국 그녀에게 쪽지를 건넸다.

트리스탄,

넌 안경 뒤에 숨어 있지만, 그래도 난 널 봤어. 넌 아름다워. 나에게 기회를 줘.

그들의 이야기는 벼락처럼 시작되었다. 베이스와 드럼을 함께 연주하며 호흡을 맞추는 것만큼 사랑에 빠지기 쉬운 여건은 없다. 자신이 누군가의 마음에 들었다는 사실에 깜짝 놀란 트리스탄은 얼마 안 가 풋사랑의 정신 나간 흥분을 경험했다.

학교에서도 소문이 꼬리에 꼬리를 물고 퍼져 나갔다. 트리스탄이 아무에게도 털어놓지 않았지만, 그 또래 여자애들의 눈썰미는 상상을 초월할 정도로 예리하다. 그녀의 친구라고 자처하는 여자애들은 진의가 의심스러운 칭찬을 늘어놓았다.

「너, 달라졌어. 마침내 생생하게 살아 있는 것처럼 보여.」

「잠자는 숲속의 공주, 그게 바로 너였구나!」

적들의 입을 통해 나온 끔찍한 말들이 돌아다녔다.

「어린 창녀가 죽어서 사촌 언니로 환생했네.」

「안경잡이가 발정이 났네.」

트리스탄이 아무리 귀를 틀어막아도 말들의 거품이 되돌아와 축제를 망쳐 놓았다. 사랑에 의해 되살아났던 얼굴이 다시 어두워졌다.

브누아는 무슨 일이 일어나고 있는지 전혀 이해하지 못했다. 그는 구름이 걷히기를 기다렸지만, 짙은 회색 덮개가 내려앉았다는 사실을 확인하지 않을 수 없었다.

「도대체 왜 그래?」일주일이 지난 어느 날 브누아가 물었다.

「아무것도 아냐.」

「아무것도 아니긴. 계속 기분 나쁜 표정만 짓고 있으면서.」

트리스탄은 대답 삼아 얼굴을 찌푸렸다.

그러자 브누아는 어떤 결과를 불러올지 가늠하지 못한 듯 다음의 말을 하고 말았다.

「너 같지 않아. 너, 침울한 여자애 같아.」

트리스탄은 마치 비수에 찔린 것처럼 격렬한 반응을 보였다.

「꺼져. 널 두 번 다시 보고 싶지 않아.」

브누아도 홱 돌아서서 가버렸다.

레티시아가 와서 트리스탄에게 따졌다.

「언니 때문에 레 프뇌는 탁월한 드럼 주자를 잃었어.」

「다른 애를 찾으면 돼.」

「도대체 이 프로 의식의 결핍은 뭐야?」

트리스탄이 웃었다.

「웃지 마. 록 그룹에서 벼락같은 사랑에 빠지는 건 흔한 일이야. 하지만 그게 끝나도 프로라면 이런 식으로 행동하진 않아.」

둘 사이의 내밀한 대화에서 코제트도 레티시아의 손을 들어 주었다.

「그 애, 꽤 솜씨가 좋았는데.」

「걔는 내 가슴에 비수처럼 꽂히는 말을 했어. 너도 잘 알잖아.」

「〈침울한 여자애〉. 단어에는 우리가 그것에 부여하는 만큼만 권능이 있다는 걸 언제쯤 이해할 거야?」

「넌 내가 얼마나 큰 고통을 겪었고, 또 겪고 있는지 몰라.」

「언니의 실제와 정반대지. 난 언니를 보면 불이 보여.」

「남들한테는 아무것도 안 보여.」[19]

「하하, 웃겨 죽겠네.」

「넌 이미 죽었어.」

「언니, 언니를 괴롭히는 건 언니의 마귀야. 마귀에 대해서는 내가 좀 아는데, 그게 언니 삶을 망가뜨리게 내버려두지 마.」

레티시아는 이번에는 드럼 주자를 여성으로 뽑았다. 대비책이었을지 모르지만, 그랬다면 부질없음이 드러났다.

19 〈언니를 보면 불이 보여〉라는 코제트의 말에 트리스탄은 〈Les autres n'y voient que du feu〉라는 말장난으로 대꾸한다. 이 문장을 직역하면 〈사람들은 거기서 불만 본다〉가 되지만, 관용적으로는 〈사람들은 거기서 아무것도 보지 못한다〉는 뜻으로 사용된다. 바로 다음에 나오는 〈웃겨 죽겠네〉와 〈넌 이미 죽었어〉도 말장난이다.

「앵디라가 언니를 마음에 들어 해.」코제트가 트리스탄에게 말했다.

「그래서? 걘 여자잖아.」

일주일 후, 트리스탄은 앵디라의 품에 안겨 있었다.

「사람들은 네가 레즈일 거라고 늘 의심했어.」

「네 사촌 코제트하고도 분명히 그 짓을 했을 테지.」

「네 동생도 좀 더 크면 조심해야 할 거야.」

온갖 구설 때문에 트리스탄과 앵디라의 이야기는 짧게 끝났다. 앵디라는 레 프뇌를 떠났다. 그녀는 트리스탄이 저주를 내렸다고 비난했다.

레티시아가 화가 나서 언니에게 말했다.

「연애는 그룹 바깥에서 하면 안 돼?」

「내가 앵디라를 내쫓은 건 아니잖아.」

「아니지. 단지 절교만 했지.」

「그렇다고 꼭 그룹에서 나가야 하는 건 아니지.」

「언니, 이번에는 새 드럼 주자를 언니가 뽑아. 남자든 여자든, 언니 마음에 들 위험이 없는 사람을 골라.」

이렇게 해서, 트리스탄은 열한 살 마랭을 뽑았다. 이튿날, 그녀는 마랭의 품에 안겨 있는 동생을 발견했다.

「순서대로.」트리스탄이 웃으며 말했다.

「아니지, 우리 사랑은 영원할 거니까.」 레티시아가
대답했다.

「그래? 어디 두고 보자고.」

트리스탄은 마랭의 표정을 보면서 동생 말이 맞을지
도 모른다고 생각했다. 마랭은 마치 타오르는 덤불숲[20]
을 보기라도 한 것처럼 황홀경에 빠져 있었다. 그것은
첫사랑을 넘어 계시의 범주에 속하는 것이었다. 〈내 어
린 동생〉, 그녀는 가슴이 미어지는 걸 느끼며 속으로 되
뇌었다. 브누아와 앵디라의 사랑은 그 사랑에 비하면
무게감이 없었다. 트리스탄은 마랭이 절대 자신의 자리
를 차지하진 못할 거라고 확신했다.

그녀는 코제트와 이런 얘기를 나눴다.

「질투하진 마.」 코제트가 충고했다.

「말은 쉽지. 넌 죽었으니까.」

「이런 기초적인 지혜를 깨닫기 위해 죽을 때까지 기
다리지 마. 모든 사랑은 새로워. 새로운 사랑은 이전 사
랑에서 아무것도 제거하지 않아.」

20 buisson ardent. 출애굽기에서 하느님이 〈타오르는 덤불〉의 형태로
모세 앞에서 모습을 드러낸다. 다음 문장의 〈계시(현현)〉는 이런 의미로 쓴
것이다.

「너도 살아 있을 때 질투했어?」

「물론이지. 레티시아를 사랑하긴 했지만, 언니가 그 애에게 쏟는 사랑을 질투했지.」

「난 꿈에도 몰랐어.」

「질투심을 느끼는 것과 질투심에 가치를 부여하는 건 다른 거야. 질투심을 붙들지 않고 지나가게 내버려 두면 아무 일 없이 사라질 거야.」

「넌 죽기 전에도 그런 지혜를 갖고 있었어?」

「이젠 기억도 안 나.」 코제트가 겸손하게 대답했다.

그룹 측면에서는 확실히 매듭을 짓고 넘어가야 했다.

레티시아는 록의 역사에서 그룹의 주요 멤버 둘 사이의 사랑이 문제를 일으키지 않고 넘어간 예는 없다고 했다.

「그 대가를 사랑이 치르든, 밴드가 치르든. 마랭, 내가 경고하는데, 난 언제나 레 프뇌가 먼저야.」

「당연하지.」

「결국 내가 너를 덜 사랑한다고 결론지어야 할 거야.」

트리스탄은 찬탄의 눈길로 이 수작을 관찰했다. 마랭은 그냥 고분고분한 게 아니었다. 그는 레티시아에게 한없는 사랑과 경의를 품고 있었다. 레티시아도 마랭의 위대한 영혼을 알아보았고, 그에 따라 행동했다.

〈정말 멋진 아이들이야. 어쩌면 둘은 절대적인 사랑이 가능하지 않을까? 사춘기가 이 완벽함을 망치지 않기를 바라야지.〉트리스탄이 속으로 생각했다.

「사춘기가 내 목소리를 변화시킬 거야. 그 과정을 앞당기는 것도 나쁘지 않을 것 같아. 지금 목소리로 연습하는 건 시간 낭비야.」레티시아가 말했다.

「고래고래 소리를 지르는 것보다 더 빨리 목소리가 달라지게 하는 방법은 없어.」트리스탄이 말했다.

「아냐, 있어. 담배를 피우면 돼.」마랭이 끼어들었다.

「닥쳐!」트리스탄이 버럭 화를 냈다.

「네 말이 맞아, 마랭. 담배를 피우면 여자애들에게 변성기가 빨리 찾아와. 남자애들은 안 그렇지만, 불행하게도.」

「상관없어. 난 드럼 주자니까.」

레티시아가 달려가서 골루아즈 담배(〈이왕 피울 거면 가장 독한 걸로 피우자고!〉) 한 갑을 사 왔다.

그녀는 트리스탄과 마랭 앞에서 첫 담배를 피웠다. 엄숙한 순간이었다.

「너희는 행복한 거야, 이걸 빨지 않아도 되니. 콜록콜록, 이거 역겨워.」레티시아가 말했다.

레티시아의 의지에는 한계가 없었다. 그녀는 머지않아 하루에 반 갑을 피웠다. 그래서 목소리가 한 달 만에 20년은 족히 늙어 버렸다. 사람들은 그 꼬마에게서 30대의 목소리를 듣고 충격받았다.

레티시아는 그러자마자 담배를 끊었다. 목소리는 예전으로 돌아가지 않았기에 두 번 다시 담배에 의존하지 않아도 됐다.

「이것 봐, 삶에서는 시간을 낭비하면 안 된다니까.」그녀가 말했다.

마랭과 레티시아는 연습하지 않을 때도 록을 말했고, 록을 살았으며, 록을 들었다. 그들 자신이 록이었다. 록은 그들의 윤리, 스타일, 현재이자 미래였다. 모든 게 록이라는 기준의 체로 걸러졌다. 트리스탄은 이 집착이, 시작될 때부터 오래갈 것처럼 보였던 그들의 사랑에도 도움이 된다는 걸 확인했다.

〈마랭을 내 손으로 뽑았다니.〉그녀는 속으로 생각했다. 그를 뽑을 때는 이런 예상은 눈곱만큼도 하지 못했지만, 이상하게도 이렇게 되리라는 걸 미리 알고 자신이 그들의 운명을 주재한 것만 같았다. 그녀는 잘됐다고 생각했지만, 마음 한편으로는 아쉬워서 손가락을 깨물었다. 〈동생을 잃기에는 아직 좀 이른데.〉

두 자매는 여전히 같은 방에서 잤다. 당시 휴대폰이 존재했다면 이 내밀한 관계는 벌써 끝났을 것이다. 1990년에는 두 사람이 마주 보며 서로에게 집중하는 일이 아직은 가능했다.

〈열일곱 살인 내가 아니라, 열두 살 동생이 같은 방 쓰는 게 지긋지긋하다는 신호를 먼저 드러내는군.〉 물론 이 시각은 과장된 것이었고, 트리스탄의 두려움은 실제를 왜곡했다. 레티시아는 속내를 털어놓을 수 있는 언니와 함께 지내는 걸 아주 행복해했다.

「마랭을 미친 듯이 사랑하지만, 키스는 금방 지겨워져. 언니는 키스가 좋았어?」

「상대가 누구냐에 달렸지.」트리스탄이 대답했다. 자신을 마치 더는 키스하지 않는 사람처럼 취급하는, 동생의 과거형 표현에 당혹감을 느끼면서.

「키스를 비교적 더 잘하는 사람들이 있다는 뜻이야?」

「그래.」

「마랭도 키스를 아주 잘해. 그런데 두 번 길게 키스하고 나면 질려.」

「마랭이 화 안 내?」

「그런 걸로 화낼 정도로 예민하지 않아.」

「너희 둘 사이, 너희 반 아이들도 알아?」

「물론이지. 난 언니와는 반대로 수군거림에는 신경 안 써. 〈카더라〉 따위에 신경 쓰는 건 록이 아냐.」

「넌 나보다 훨씬 로커다워.」

「그러기로 마음만 먹으면 돼. 어떤 일이 닥치든, 난 제니스 조플린이 내 입장이라면 어떻게 반응했을까, 하고 생각해 봐.」

「그녀는 스물일곱 살에 죽었어.」

「스물일곱이면, 내게 필요한 것보다 훨씬 많은 시간이 남았네.」

「그래도 넌 스물일곱에 죽지 않을 거야.」

「당연하지. 난 마약을 하지 않을 거니까.」

레티시아가 연애하며 가장 좋아하는 순간은 레 프뇌에 전념할 때였다. 마랭과 함께 음을 만들어 낼 때가 그 순간의 클라이맥스였다. 트리스탄도 그런 특별한 순간을 함께하고 있다는 사실에 기뻐했다.

「함께 음악하는 것에 버금가는 기쁨은 없어.」트리스탄이 말했다.

하지만 트리스탄은 험담에 지나치게 민감한 자신을 탓했다. 그녀의 귓가에 맴도는 건 이런 말들이었다.

「열일곱 살이나 된 애가 인생에서 가장 중요한 시기를 열두 살 꼬맹이들하고 보내는군. 한때는 애가 너무 빨리 성장한다고 생각했는데!」

트리스탄이 혼자 더 깊이 파고드는 유일한 열정은 문학이었다. 자신에게 음악보다 더 큰 감동을 불어넣는 우주를 발견한 것이다.

아직 부족한 문학적 교양은 그녀를 주눅 들게 하기보다 열광시켰다. 그 모든 찬란함이 손 닿는 데 있었다. 책을 펼치고, 책이 불러일으키는 마음의 동요에 이끌려 가기만 하면 됐다.

그녀는 라신의 『베레니스』를 읽고 뭐라 명명할 수 없는 황홀경을 경험했다. 어떤 시구들은 그녀를 신들린 상태에 들게 했고, 어떤 시구들은 쇼크 상태에 빠트렸다.

그녀는 가족에게, 바칼로레아를 본 후에 소르본 대

학에 진학해서 문학을 전공하겠다고 알렸다. 이 예고는 처음부터 끝까지 부모를 아연실색하게 했다.

「바칼로레아에 우선 붙어야지. 우리 집안에서 대학에 발을 들여놓은 사람은 아무도 없었어.」플로랑이 말했다.

「문학, 그거 아무짝에도 쓸모 없는 거야!」노라가 말을 이었다.

「더군다나 소르본 대학이라니! 너한테는 릴[21] 대학으로도 충분하지 않을까?」

플로랑이 결론지었다.

손뼉을 쳐준 사람은 보베트밖에 없었다.

「그 애는 당연히 시험에 붙을 거고, 파리로 올라갈 거야! 문학, 그것도 프랑스 대통령이 되는 또 하나의 방법이지.」

그 말을 전해 들은 노라는 이렇게 구시렁거렸다.

「저년은 딸을 잃은 후로 더 육갑을 떨어.」

코제트는 열광적인 반응을 보였다.

「문학이 뭔지 난 잘 모르긴 해. 그래도 상관없어, 그

21 Lille. 프랑스 북부에 있는 도시. 주인공 가족이 거주하는 모뵈주와 가까운 대도시다.

게 언니한테 잘 어울린다는 걸 난 아니까. 게다가 소르본이라니, 명문 중의 명문이잖아.」

레티시아만 아무 반응도 보이지 않았다. 트리스탄은 그게 나쁜 신호라고 짐작했다. 트리스탄은 레 프뇌에서 합주하지 않을 때는 시험공부에 매진했다. 장학금이 필요했기에 최고의 성적을 거둬야 했다. 필요한 모든 절차를 아무도 모르게 직접 밟았다.

드디어 운명의 날, 트리스탄은 아주 좋은 성적으로 시험을 통과했지만 상반된 반응과 마주했다.

「정말?」 플로랑이 소리쳤다.

「하여튼 넌 우리랑 달라.」 노라는 어두운 목소리로 말했다.

트리스탄은 보베트 이모에게 전화를 걸어 소식을 전했다.

「넌 천재야.」 이모는 기뻐 어쩔 줄 몰랐다.

「마침내 누군가가 축하해 주네요.」 트리스탄이 전화를 끊기 전에 큰 소리로 말했다.

「나도 축하해. 넌 정말 대단해.」 아빠가 말했다.

「넌 우리랑 달라.」 엄마가 절망한 표정을 지으며 또 말했다.

「어떻게 그런 말을!」 트리스탄이 말했다.

「나도 널 대단하다고 여기니까 걱정하지 마. 하지만 난 네가 우리랑 달라서 슬퍼.」

「왜요?」

「네가 우리에게서 등을 돌릴 테니까.」

어처구니가 없었던 트리스탄은 자기 방으로 달려갔다. 〈넌 우리에게서 등을 돌릴 거야.〉 자신에게 한 번도 관심을 보이지 않았던 엄마의 입에서 그런 말이 나오다니, 정말이지 황당했다. 그녀는 속으로 엄마에게 독설을 날렸다. 〈엄마야말로 내게서 등을 돌릴 수 없을 거야. 한 번도 내 쪽을 바라본 적이 없으니까!〉

잠시 후, 그녀는 자신을 질책했다. 〈도대체 뭘 기대했던 거야? 네가 성공하고 싶어 한 건 부모를 위한 게 아니었어. 아빠는 널 자랑스러워하는 기색이잖아. 그것만 해도 기대 이상이야.〉

레티시아가 방으로 들어왔다. 그녀는 아직 악다문 턱을 풀지 않고 있었다.

「축하해 주지 않을 거야?」 트리스탄이 물었다.

「축하? 싫어. 언니가 똑똑하다는 걸 오늘에야 알게 된 건 아니잖아. 언니는 성공할 수밖에 없었어. 내가 그

걸 새삼 놀라워하는 건 언니를 모욕하는 셈이 될 거야. 내가 알게 된 건 언니가 떠날 거라는 사실이야.」

「난 절대 널 떠나지 않을 거야. 주말마다 올게.」

「레 프뇌를 유지하려면 그걸로 충분하지 않을 거야.」

「아냐, 충분해.」

「제발 마음에 없는 말 좀 하지 마. 언니의 미래 계획에는 레 프뇌가 없어. 언니에게는 취미일 뿐이겠지. 하지만 마랭과 나에겐 삶 그 자체야.」

트리스탄은 열두 살 반의 나이에 자기 삶뿐 아니라 연인의 삶까지 추호도 의심하지 않는 아이를 당황한 눈길로 바라보았다. 뭐라고 대답해야 할까? 트리스탄은 신중을 택했다.

「〈나는 내가 모른다는 것을 안다〉는 소크라테스의 말, 너도 알잖아.」

「허튼소리 하지 마. 록 그룹의 성공은 무척 어려워. 멤버 중 하나라도 열정을 잃으면 끝장이지.」

「나더러 어쩌라는 거니? 레 프뇌를 떠나라는 거야?」

「난 언니가 그럴 거라고 생각해.」 레티시아가 다 죽은 목소리로 말했다.

「전혀 그러고 싶지 않아. 등 떠미는 건 바로 너야.」

「그게 내 탓이야?」

「너랑 말다툼하고 싶지 않아.」

「이건 말다툼보다 훨씬 심각한 거야. 이건 이혼이야.」

「동생과 이혼하는 사람은 없어.」

「아니. 지금 언니가 하고 있어.」

「레티시아, 넌 내가 세상에서 가장 사랑하는 사람이야.」

「그래서? 언니는 파리로 올라갈 거고, 레 프뇌는 언니의 관심에서 멀어질 거야.」

「그래서 네가 원하는 게 뭐니?」

「릴에서도 공부할 수 있잖아.」

「그건 내가 너에게 베르히터 대신 루베[22]에서 공연하라고 제안하는 거나 마찬가지야.」

「언니하고는 토론이 안 돼. 너무 똑똑해서.」

「너보다 똑똑하진 않아.」

「레 프뇌는 언니의 삶에서 하나의 디테일에 불과해. 그게 문제야.」

「날 다른 사람으로 대체해.」

「언니는 대체 불가야.」

22 Roubaix. 프랑스 북부에 있는 도시.

「그럼, 마랭과 너, 둘이 해.」

「소니 앤 쉐어[23]처럼?」

「그래, 나쁘지 않네!」

「우리는 팝이 아니라 록이야.」

레티시아가 이 말을 할 때는 할 말을 다 했다는 뜻이었다.

「난 너희 둘에 비해 나이가 너무 많아.」트리스탄이 결론지었다.

「문제는 언니의 나이가 아냐.」

「그럼, 뭐가 문젠데?」

「언니가 날 많이 사랑하지 않는다는 거.」

「말도 안 돼. 우리의 사랑은 모든 걸 넘어서. 너와는 세상의 어떠한 것도 경쟁할 수 없어.」

「그럼, 왜 나한테 시간을 할애하지 않는 거야?」

「난 내가 너에게 시간을 할애하지 않는다고 생각하지 않아. 그리고 살아야만 해, 레티시아. 사랑한다는 건 자신을 희생하는 게 아니야. 내가 널 위해 파리, 소르본, 문학 공부를 포기한다면, 내 사랑에는 금이 가고 말 거야. 그래, 내게는 이 계획이 레 프뇌보다 중요해.」

23 Sonny and Cher. 1960~1970년대에 인기를 끌었던 미국 팝 듀오.

레티시아는 충격을 받고 한참 동안 멍하니 있다가 말했다.

「언니가 실망해서 다시 돌아올 수도 있잖아.」

「그럴 수도 있지. 하지만 날 정말 사랑한다면 크게 기대하진 마.」

「난 언니한테 거짓말 못 해. 그러기를 기대할래.」

트리스탄은 동생을 안았다.

「어떤 일이 있든, 그 무엇도 우릴 갈라놓지 못할 거야.」

「언니는 어떻게 그렇게 낙관적일 수 있어?」

「널 사랑하니까.」

그때 노라가 늘 그러듯 노크도 안 하고 불쑥 들어왔다. 그 아름다운 포옹 장면을 못 본 척하면서.

「파리로 올라가서 공부하려면 돈이 많이 들 텐데, 넌 우리에게 학비를 대줄 수 있느냐고 묻지도 않았어.」

「돈은 한 푼도 안 들 거예요. 장학금을 받았거든요. 작년부터 필요한 절차를 밟았어요.」 트리스탄이 대답했다.

「우리 모르게?」

이 한심한 반응에 트리스탄이 어이없어하는 사이 레

티시아가 발끈했다.

「엄마, 그게 무슨 소리예요? 축하해 주지는 못할망정 지금 뭐 하는 거예요?」

「왜 우리한테 계획을 알리지 않았니?」

「성공할 거라고 확신하지 못했으니 그랬겠죠. 고작 한다는 말이 그따위 헛소리뿐이에요?」

「엄마한테 그런 식으로 말하면 못써.」

「엄마야말로 모든 걸 척척 알아서 하는 훌륭한 딸한테 그런 식으로 말하면 안 되죠.」

화가 난 노라는 문을 쾅 닫고 나가 버렸다.

「고마워, 레티시아.」트리스탄이 놀란 표정으로 말했다.

「참을 수가 있어야지. 난 엄마가 언니를 질투한다고 생각해.」

문이 벌컥 열리며 잔뜩 화가 난 플로랑이 들어왔다.

「너희들, 엄마한테 말을 함부로 하는 것 같던데?」

「아빠, 언니가 전액 장학금을 받아서 학비가 나온대요.」

「브라보!」플로랑이 조금 전 일은 까맣게 잊고 외쳤다.「우리 큰딸, 난 너무 좋아서 어리벙벙할 따름이

구나.」

　바로 그 순간, 남편이 딸들을 꾸짖는 소리가 들리기를 기대하며 노라가 다시 들어왔다. 그녀는 감히 플로랑의 칭찬에 어깃장을 놓지는 못했다.

　「당신도 들었어, 여보?」자신이 아내에게 어떤 치욕을 안겨 주는지 알지 못한 채 남편이 말했다.「모든 걸 다 알아서 해결하고 우리에겐 아무것도 요구하지 않다니, 애가 얼마나 속이 깊은지! 아무것도 걱정할 필요가 없었어. 참 대견하기도 하지!」

　아빠는 엄마가 입을 꾹 다문 채 화를 삭이고 있다는 걸 알아차리지 못했다. 그는 큰딸을 잔뜩 추켜세우면서 아내를 위층으로 데리고 올라갔다. 남편과 단둘이 있게 되자, 노라는 그에게 묻지 않을 수 없었다.

　「트리스탄이 그런 절차를 밟으려면 당신한테 우선 허락을 구해야 하는 거 아니에요?」

　「부모한테 줄 깜짝 선물을 준비하면서 허락을 구해?」

　노라는 마침내 자기 잘못을 깨달았다. 하지만 그녀는 자기 잘못을 탓하기는커녕 큰딸에게 더 깊은 앙심을 품었다. 〈트리스탄의 유일한 목표는 내게 굴욕감을 주는 거야. 플로랑은 정말 단순해. 그것도 못 알아차리다니!〉 그녀는 진심으로 이렇게 생각했다.

그 속생각이 집안 분위기를 숨 막히게 했다. 트리스탄은 파리에서 지낼 방을 구해야 한다는 핑계를 대고 첫 기차로 모뵈주를 떠났다.

「미안해.」트리스탄이 레티시아에게 말했다.

「언니를 이해해.」엄마의 심통을 모르지 않았던 레티시아가 대답했다.

트리스탄이 파리로 떠나자마자, 노라는 험담의 곡괭이질을 시작했다. 플로랑은 출근하고 레티시아만 있을 때, 그녀는 큰딸의 성공을 알린다는 구실로 지인들에게 전화를 걸었다.

「바칼로레아를 아주 좋은 성적으로 통과했다니까. 게다가 국가 장학금까지 받았어. 소르본에서 공부하는 데 드는 모든 경비를 대준대. 문학이 아무짝에도 쓸모없지만, 활로가 있긴 한가 봐. 그 아이는 우리랑 있는 게, 심지어 동생이랑 지내는 것도 지긋지긋한 모양이야. 우리에겐 빚진 게 아무것도 없다고 생각하고 싶은 게지.」

어느 날은 레티시아에게 이렇게 말하기까지 했다.

「트리스탄의 태도는 정말 괘씸해. 그 아이는 자기 독립성, 그리고 너에 대한 우월성을 강조하기만 해.」

「엄마, 난 열세 살이에요. 언니는 올가을이면 만 열여덟 살이고요.」

레티시아에게는 레 프뇌에 더 많은 시간을 바치는 것 말고 달리 방도가 없었다. 하지만 불행하게도 베이스가 없는 음악은 위대한 음악과 닮은 구석이 없었다. 마랭은 대체자를 뽑자고 제안했다. 그 문제를 놓고, 그들은 처음으로 다퉜다.

트리스탄이 개강 직전에 주말을 보내러 왔을 때, 레티시아는 상황을 설명했다.

「마랭 말이 맞아. 날 대체할 사람이 필요해.」트리스탄이 말했다.

「언니는 레 프뇌의 창설 멤버야.」레티시아가 항의했다.

「현실적으로 생각해. 엄마가 제정신이 아니니 넌 그룹에 더 집중할 필요가 있을 거야. 안 그러면 너도 돌아버릴 테니까.」

마랭이 3년 전부터 베이스를 연주해 온 셀레스탱이

라는 아이를 그들에게 데려왔다. 자매는 그의 연주를 들어봤다.

「시원찮네.」레티시아가 말했다.

「내가 보기에는 안 그래. 기질이 있어. 자리를 잡게 기회를 주자.」트리스탄이 권했다.

「언니가 레 프뇌를 떠나는 게 나에겐 세상의 종말이야.」

「그냥 변화일 뿐이야. 받아들여.」

「선택의 여지가 있기나 해?」

트리스탄은 기쁨을 감췄다. 동생이 보고 싶긴 했지만, 새로운 생활은 그녀를 열광시켰다. 독립생활의 발견은, 가족 분위기가 얼마나 자신을 짓눌렀었는지 그녀에게 여실히 드러냈다. 아빠가 자리를 비울 때마다, 엄마는 신랄하거나 공격적인 모습을 번갈아 보이고는 했다.

하지만 이제는 파리가 있었다. 그 미지의 도시에 발을 내딛는 것만으로도 그녀는 흥분에 휩싸였다. 파리에서 문학을 공부한다는 건 중복 표현과도 같았다. 파리가 문학이었으니까. 어느 동네 하나, 어느 거리 하나 문학의 기둥을 상기시키지 않는 곳이 없었다.

트리스탄은 기초적인 소양을 갖추기 위해 고전들을 탐독했다. 비용[24], 셰니에[25], 디드로[26], 발자크[27], 스탕달[28], 위고[29], 졸라[30], 프루스트[31], 콕토[32], 아라공[33] 등등의 공통점은 파리였다. 비방의 의미든 상찬의 의미든, 파리는 프랑스 문학의 예루살렘이었다. 이야기가 다른

24 François Villon(1431~1463). 프랑스 중세 말기의 대표적인 시인. 저서로는 『작은 유산』, 『유언의 노래』 등이 있다.

25 André Marie de Chénier(1762~1794). 낭만파의 선구자로 꼽히는 프랑스 시인. 대표작으로는 「타렌툼의 처녀」, 『비가(悲歌)』 등이 있다.

26 Denis Diderot(1713~1784). 프랑스 계몽주의 시대를 대표하는 철학자, 작가, 언론인. 대표작으로는 『운명론자 자크』가 있고, 달랑베르를 비롯한 유럽의 지식인들과 함께 『백과전서』를 펴내기도 했다.

27 Honoré de Balzac(1799~1850). 프랑스 사실주의의 거장으로 꼽히는 소설가. 90여 편에 달하는 총서 『인간희극』이 대표작이다.

28 Marie Henri Beyle Stendhal(1783~1842). 프랑스 소설가, 외교관. 대표작으로는 『적과 흑』, 『파르마의 수도원』, 『로마, 나폴리, 피렌체』 등이 있다.

29 Victor Hugo(1802~1885). 프랑스 시인, 소설가, 극작가. 프랑스 국민 작가로서 대표작으로는 모두가 아는 『레미제라블』이 있다.

30 Emile Zola(1840~1902). 프랑스 작가, 언론인. 자연주의의 수장으로서 대표작으로는 제2제국 시기 프랑스 사회를 묘사한 『루공-마카르 총서』가 있다.

31 Marcel Proust(1871~1922). 프랑스 소설가. 대표작으로는 대작 『잃어버린 시간을 찾아서』가 있다.

곳에서 펼쳐지더라도, 그 이야기의 압통점은 파리였다.

트리스탄은 장자크 루소 가(街)에 있는 아주 작고 허름한 방에 거주했다. 그 방도 파리를 선택하길 잘했다는 걸 보여 주는 또 하나의 요소였다. 방이 예쁘지도 편하지도 않았지만, 아무렴 어떤가, 그녀는 자기 방에 있었다. 자기 리듬에 따라 살 수 있다는 것은 자기 리듬에 따라 읽을 수 있다는 걸 의미했다. 그녀는 아침부터 밤까지, 그리고 밤부터 아침까지 독서에 취해 살았다.

부모의 집에서 낮에 책을 읽다가 들키면 그들은 그런 여가 활동은 저녁때나 하는 거라고 잔소리했다. 저녁때 독서하는 그녀를 발견한 엄마는 말했다.

「넌 애가 왜 늘 따로 노니?」

따로 논다는 건 사람들과 어울리지 않고 혼자 즐긴다는 의미였다. 건방지고 나쁜 것이었다. 함께하는 활동이 주로 텔레비전 시청이었던 만큼 트리스탄은 비난을

32 Jean Cocteau(1889~1963). 프랑스 시인, 소설가, 극작가. 여러 방면에서 활동하며 시집 『알라딘의 램프』, 희곡 『지옥의 기계』, 소설 『앙팡 테리블』 등 다수의 작품을 남겼다.

33 Louis Aragon(1897~1982). 프랑스 시인, 소설가. 초현실주의에 투신하다 소련 방문 후 공산당에 입당해 활동했다. 대표작으로는 시집 『단장(斷腸)』이 있다.

이해할 수가 없었다. 자신이 그 활동에서 빠지는 게 어떤 점에서 방해되는지 알 수가 없었다.

무엇보다 참을 수 없는 건, 지적에 따라 그녀가 무리에 끼면 정작 부모는 함께 있는 걸 불편해하는 느낌이 든다는 점이었다. 레티시아가 그것을 확실히 알려 주었다.

「아빠와 엄마는 우리가 없어야 더 잘 지내.」

레티시아 역시 자기는 그들이 그리 안 좋아하는, 록을 다루는 프로그램만 본다는 구실을 내세우며 슬그머니 자리를 뜨고는 했다.

1991년에, 서로를 너무나 그리워하는 자매가 대화를 나누는 방법은 유선전화밖에 없었다. 모뵈주와 파리 사이의 통화료는 비쌌다. 레티시아는 부모에게 감시받는다고 느꼈고, 마음에 있는 말을 함부로 털어놓지 못했다. 그러자 트리스탄은 편지를 쓰자고 제안했다.

「언니가 먼저 써.」 동생이 말했다.

트리스탄은 수문을 열기만 하면 됐다. 그녀는 자기도 모르게 거의 18년 전부터, 쏟아낼 기회만 엿보는 사랑의 말들을 켜켜이 쌓아 두고 있었다. 물론 동생에게 말로 표현하기는 했다. 하지만 쓰는 건 다른 문제였고, 언어의 다른 기능이었다. 마치 오랫동안 말한 다음에 노래를 부르는 일과 같았다. 노래는 영혼을 열어젖히는 다른 목소리에서 나왔다.

트리스탄은 코제트를 증인으로 삼았다. 코제트는 이렇게 대답했다. 〈언니는 사랑의 편지를 쓰기 위해 태어났어. 그걸 하찮은 일이라고 믿는 사람들은 진정한 사랑의 편지를 한 번도 읽어 보지 못한 사람들이야. 모든 사람이 그런 기적을 행할 수 있는 건 아냐.〉 그러고는 무녀라도 된 듯 사랑의 교리를 설파했다. 〈사랑의 편지는 성스러운 텍스트야. 그런 만큼, 드러내지 말아야 할 것을 드러내는 수단이어서는 안 돼. 많은 사람이 사랑의 고백과 감정의 배설을 혼동해.〉 이런 이유로, 트리스탄은 코제트의 죽음이나 그녀와의 대화에 대해서는 아무것도 쓰지 않았다.

트리스탄의 글은 다른 말로 환언(換言)될 수도, 원문 그대로 인용될 수도 없었다. 자신이 썼거나 받은 사랑의 편지를 읽어 보라며 남에게 보여 주는 사람은 그러한 축복을 누릴 자격이 없다.

레티시아는 언니가 자신을 사랑한다는 걸 알고 있었다. 하지만 첫 편지를 읽고 크게 충격받았다. 그녀는 이미 사랑의 마음을 말로 잘 표현하는 마랭의 편지를 여러 차례 받은 적이 있었다. 트리스탄의 편지는 그와는 격이 달랐다. 화려함을 염두에 두지 않고, 오직 한 사람만을 위해 걸작을 만들겠다는 결의로, 조각가가 단 열다섯 번의 끌질로 빚어낸 조각을 상상해 보라.

레티시아는 언니가 쓴 편지의 아름다움과 어깨를 겨루려 들지 않고 (아직 어려서 그렇게 못 쓰는 건 아니었다), 곧바로 답장을 썼다. 레티시아는 트리스탄이 가진 사랑의 천재성을 증폭시키는 것이 그녀 삶의 첫 다섯 해, 자신이 태어나기 전에 트리스탄이 경험한 사막 횡단에서 기인한다는 걸 본능적으로 알았다. 그토록 잔인한 결핍을 겪고도 돌심장이 되지 않고 살아남은 것은 예외적인 힘의 지표였다.

아빠와 엄마는 두 딸이 편지를 주고받는다는 사실을 알아차렸다. 그들이 저열하게도 그것을 가로채지 않은 건 존중보다는 무관심 때문이었다.

「도대체 편지로 쓸 게 뭐가 있어? 주말마다 만나잖아!」플로랑이 말했다.

「애들이나 하는 유치한 짓거리지 뭐. 트리스탄이 남들보다 월등하긴 해도 아직은 어린애잖아.」

주중에는 언니와 떨어져 지내게 된 레티시아는 자신이 외동딸이었다면 삶이 어땠을지 상상해 보고 끔찍함에 몸서리쳤다. 엄마의 치사한 언행과 아무것도 보지 못하는 아빠의 맹목이 이전보다 더 여실히 보였다.

금요일 저녁, 레티시아는 역으로 나가 언니를 기다렸다. 도착한 트리스탄에게 달려들어 목을 끌어안았다. 둘은 행복에 겨워 걸어서 집으로 돌아왔다. 동생은 언니가 없을 때 무슨 일이 있었는지 조잘거렸다. 언니는 파리, 소르본 대학, 새로 만난 사람들에 대해 얘기했다. 동생은 레 프뇌가 최근에 거둔 업적들을 늘어놓았다. 어떠한 주제도 금기가 아니었다. 신기하게도, 그들이 주고받는 편지만 빼고. 서로 물어볼 필요가 없어서가 아니라, 그에 대한 얘기가 아무런 의미가 없다는 것을, 어쩌면 그런 행위가 어떤 고등한 현상에 해가 되리라는 것을 알고 있었다. 말과 글은 서로 연결되지만 겹치지 않는다.

트리스탄은 부모를 다시 만나 기뻤다. 그녀는 그들을 사랑했다. 그녀는 그들의 장점을 알았고, 자신이 무엇을 빚지고 있는지도 알았다. 더 이상 수수께끼가 아닌 그들의 결점에 대해서는 아주 어릴 적부터 생각하기를 관뒀다. 물론 레티시아는 그녀만큼 관대하지 않았고, 언니에게 속내를 털어놓을 때마다 부모에게 화를 냈다.

「언니는 왜 아빠와 엄마를 원망하지 않아?」

「그게 나한테 무슨 도움이 되겠어?」

「나한테는 도움이 되겠지. 속이 후련해질 테니까.」

「아냐. 부아만 쌓일 거야. 너와 나는 선민이야. 우리와 다른 사람들을 뭐 하러 신경 써?」

「아빠와 엄마도 선민이야. 서로를 찾아냈잖아.」

「우리에 비하면 하찮은 발견이지.」

트리스탄이 파리에서 공부를 시작한 이후로 보베트는 일요일마다 가장 좋아하는 조카를 보기 위해 언니 집으로 점심을 먹으러 왔다. 젊은 소르본 대학생의 이야기에 이모는 연신 탄성을 내질렀다. 이모는 세 아들 중 그나마 평소에 가족 모임에 모습을 드러내는 니키를 자주 데리고 왔다. 다른 두 아들은 어디서 뭘 하는지는 모르는 편이 나았다. 니키는 말 그대로 아무것도 하지 않았지만, 그게 차라리 나았다.

11월, 사람들은 트리스탄의 열여덟 번째 생일을 축하했다. 트리스탄은 하루빨리 투표를 하고 싶다고 말했다.

「왜?」 깜짝 놀란 표정으로 니키가 물었다.

「다른 당이나 후보자보다 네가 설득력이 있다고 느끼는 당이나 후보자가 분명히 있을 거야. 한번 알아봐.」

크리스마스에는 세 아들 중 아무도 가족 저녁 식사에 참석하지 않았다. 보베트가 트리스탄을 따로 불러 말했다.

「니키가 네 말을 너무 진지하게 들었어. 국민전선[34]에 가입했을 뿐 아니라 형제들까지 끌어들였어.」

「난 절대 그런 끔찍한 일을 권하지 않았어요!」

「알아보라고, 귀 기울여 들어 보라고 권했지.」

「내가 말해 봐야겠어요.」

「아예 만날 수가 없어. 세 녀석 다 어디서 뭘 하는지 도통 알 수가 없어. 투쟁을 시작한 이후로는 집에 붙어 있질 않아. 누가 속옷 빨래를 해주는지도 모르겠다니까.」

「미안해요, 이모.」

---

34 Front national. 장 마리 르펜이 이끌었던 프랑스 극우 정당. 현재는 장 마리 르펜의 딸인 마린 르펜이 당명을 국민연합Rassemblement national으로 바꿔 이끌고 있다.

「걱정하지 마, 저러다 말 테니.」

트리스탄은 그렇지 않을 거라고 생각했다. 다음날, 잠이 안 와 뒤척이면서 그녀는 코제트에게 자신을 용서해 달라고 빌었다.

「웃기는 소리 집어치워. 언니가 어떻게 그따위 걸 예상할 수 있었겠어?」

「예상했어야 했어. 난 상상력이 부족해.」

「언니, 누구한테 얘기하는 거야?」 레티시아가 물었다.

「응, 혼잣말이야. 뭐 좀 생각하느라.」 독립한 후로 동생과 방을 함께 쓴다는 사실을 깜빡한 트리스탄이 말했다.

「파리에 누가 있어?」

「누가 있긴. 요즘 내 관심사는 다른 데 있어. 난 경이로운 작가들을 발견하고 있어. 라신, 미쇼[35], 뒤라스[36]…….」

35 Henri Michaux(1899~1984). 프랑스 시인, 화가. 신비주의와 광기의 교차점에 서는 독자적 시 세계를 개척했다, 대표작으로는 『에콰도르』, 『내면의 공간』, 『비참한 기적』 등이 있다.

36 Marguerite Duras(1914~1996). 프랑스 소설가, 시나리오 작가, 영화감독. 『히로시마 내 사랑』, 『모데라토 칸타빌레』, 『연인』 등으로 세계적

「독서는 내 관심사가 아니야.」

「너도 언제든 빠져들 수 있어.」

「콘서트에는 가끔 가?」

「아니. 레 프뇌가 베르시[37]에서 공연하는 날만 기다리고 있어.」

「웃지 마. 머지않았으니까.」

트리스탄은 동생의 열정에 탄복했다. 그녀 자신도 문학에 대한 열정으로 타오르고 있었으나 아직 구체적으로 실현하고자 하는 목표는 없었다. 그녀는 등반가가 에베레스트산을 알기를 원하듯 문학을 알고 싶었다. 모든 사면으로 그 산을 오르면서 심연과 봉우리 들을 가늠하고 싶었다.

장학금으로 학비와 생활비는 충당됐지만 잡비는 아니었다. 그래서 그녀는 아르바이트란 아르바이트는 모조리 섭렵했다. 거동이 불편한 파파 할머니도 돌봤고, 입주 아기 돌보미, 가정교사, 술집 여급도 해봤다. 이 마지막 경험은, 주인이 트리스탄에게서 술집에 필요한 눈

인 명성을 얻었다.

37 Bercy stadium. 한국에서 대규모 음악 공연이 잠실 운동장에서 벌어지듯, 프랑스에서는 베르시 스타디움에서 벌어진다.

길이 보이지 않는다고 말하는 바람에 아주 짧게 끝났다.

「특별한 눈길을 하고 있어야 하나요?」 그녀가 물었다.

「당연히 그래야지. 네 눈길은 어두워.」

트리스탄의 눈길이 억누른 분느로 이글거렸다.

「그러니까 훨씬 낫네. 그 눈길을 조금 더 상냥하게 바꾸면 계속 일하게 해주지.」

「저, 관둘래요.」 그녀가 대답했다.

〈침울한 여자애〉가 아직도 자신을 괴롭히다니, 그녀는 믿을 수가 없었다. 그녀의 저주는 눈으로 표현되었다. 아주 어릴 때 벼락처럼 그녀를 덮쳤던 근시, 그리고 사람들 대부분이 광채를 찾지 못했던 그 눈길로 말이다. 그녀는 자신이 아버지의 금지. 빛을 발하지 말라는 금기를 극복하지 못한 게 아닌가 자문했다.

하지만 몇몇 사람들은 트리스탄의 광채를 감지한다는 건 이상한 일이었다. 기준을 가늠할 수 없는 소수 정예만 그녀가 발하는 빛을 감지했다. 그 빛은 자신을 보기를 허락한 이들만을 비추는 독특한 불꽃이었다. 적어도 그들은 연인이나 이상적인 친구가 되었다. 하지만 불행하게도 그녀가 이 선민들과 더 나은 관계를 맺지는 못했다. 그들은 트리스탄의 광채를 알아보고는 마치 그녀를 원망하는 것 같았다.

그녀는 대번에 상대의 마음에 든 적이 없었다. 사랑이든 우정이든, 최소한 일주일은 지나야 했다. 일주일이 지나도록 그녀를 유심히 관찰한 사람들은 그녀가 엄청나다는 걸 알아차렸다.

사람은 늘 자신이 가지지 못한 걸 원하는 법이다. 트리스탄은 상대방에게 벼락같은 사랑을 불어넣기를 꿈꿨다. 비록 그런 일은 일어나지 않았지만, 대신 그녀를 열광시킨 인턴 자리는 하나 구했다. 바로 데이터 은행이었다. 1993년에는 데이터베이스 산업이 아직 걸음마 수준이었다. 트리스탄은 예상외로 그 일을 좋아했고 탁월한 능력을 발휘했다.

그녀가 그 소식을 알렸을 때, 아빠와 엄마는 시큰둥한 반응을 보였다.

「컴퓨터 업계에서 일하려고 문학에 푹 빠져 지낸 건 아니잖니.」 아빠가 말했다.

「제 재봉사는 부자예요. 하지만 제 동생은 노란색 크레용을 가지고 있어요.」 그녀가 대답했다.

「재봉사는 뭐고, 노란색 크레용은 또 뭐니?」

「아무 관계가 없다는 뜻이에요. 문학은 제 열정이지만 아마도 직업이 되지는 않을 거예요.」

「공부는 다 헛짓이라니까!」

트리스탄은 자신을 가장 짜증 나게 하는 부모의 면모 중 하나, 수익성을 먼저 따지는 천박한 근성을 알아보고 입을 다물었다. 그들은 걸핏하면 레티시아에게 록그룹이 떼돈을 벌 거라 믿느냐고 물었다. 그러면 레티시아는 개인 수영장을 샴페인으로 가득 채워 놓고 그들을 초대하겠노라고 허세를 부렸다.

「열다섯 살인데 저렇게 철딱서니가 없어서야. 부모한테 빌붙어 사니까 모든 게 쉬워 보이지.」엄마는 혀를 차며 말했다.

「안심하세요, 엄마. 하다 하다 안 되면 사촌들처럼 국민전선에 가입할게요.」레티시아가 대답했다.

「레 프뇌가 극우니?」꼬아 말하면 못 알아듣는 노라가 물었다.

대학에 다니는 동안 트리스탄도 남자들과 관계를 가졌다. 유부남 인디라와 사랑에 빠진 적도 있는데, 그가 그녀를 위해 아내와 헤어지겠다고 하자 그녀는 거절했다. 그가 떠나자, 그녀는 자신이 왜 거절했는지 알 수가 없었다. 그러고 파리의 한 거리에서 인디라를 우연히 만났고, 사랑이 곧바로 다시 시작되었다.

「내가 어떻게 당신이랑 헤어질 수가 있었죠?」정열이 절정에 달했을 때 트리스탄이 인디라에게 물었다.

몇 달 후, 트리스탄은 더는 견딜 수 없었다. 인디라는 잘 지내다가도 이유 없이 토라져 관계의 목가적인 단계를 번번이 변질시켰다. 그러고 불화에 설득력 없는 이유들을 지어냈다. 트리스탄은 결국 그것이 사랑에 적용된 영구 혁명의 원칙이라는 걸 깨달았고, 그냥 친구로 지내는 게 더 낫겠다고 선언했다. 물론 인디라는 연인으로 지내나 친구로 지내나 마찬가지인 것으로 드러났다.

「너, 양성애자야?」한 친구가 트리스탄에게 물었다.

「나한테는 사랑 자체가 중요해. 사랑에 빠지기만 하면 내 앞에 있는 게 여자든 남자든 상관없어.」

「통계적으로 어느 쪽에 더 끌려? 남자, 여자?」

「그런 통계는 존재하지 않아. 난 개인에게 끌려. 특별한 성이 아니라.」

「그럼 넌 섹스에 관심 없어?」

「넌 내 말을 이상한 방식으로 해석하는구나.」[38]

하지만 침울한 여자애 신드롬은 여전히 그녀를 놓아 주지 않았다. 그녀는 자신이 침울한 여자애로 보일까 봐, 다시 말해 보이지 않을까 봐, 사람들이 눈여겨보지 않는 여자애로 남을까 봐 두려웠다. 오히려 어렸을 때보다 더 고통스러웠다.

어느 날 밤, 카페에서 한 남자가 트리스탄에게 말을 붙였다.

「아가씨, 너무 아름다워서 말을 붙이기 두렵군요.」

「뭐가 그렇게 두려우세요.」

「당신이 실제로 존재하지 않을까 봐.」

그녀가 웃었다.

「그렇게 웃으니 아름다움에 거의 견딜 수 없을 지경이군요.」

그 미지의 남자에게서 진정한 흐의가 느껴졌기에 그녀는 아무도 자신을 아름답다고 생각하지 않는다고 털어놓았다.

「안경을 써서 그래요. 다른 이유는 찾지 마세요. 그래

---

38 말장난이다. 프랑스어는 남녀의 〈성〉이나 〈성행위〉나 똑같은 sexe 로 표기한다.

도 안경이 참 잘 어울려요. 하지만 원래 그래요. 안경은 시선을 밀어내죠. 눈의 방패거든요.」 남자가 대답했다.

「눈이 제 약점이에요.」

「우리 종 전체의 약점이죠. 우리는 한 색계밖에 감지하지 못하면서 색을 본다고 거드름을 피우죠. 청각은 형편없긴 해도 여덟 옥타브나 듣는데 말이에요. 사람들이 당신을 잘 보지 못한다고 해서 놀라지 마세요. 당신의 아름다움은 눈에 확 띄진 않지만, 일단 보게 되면 오로지 그것밖에 안 보여요.」

그 미지의 남자는 이렇게 말한 후에 훌쩍 가버렸다. 트리스탄은 그에게 영원한 사의(謝意)를 품었다. 스물두 살이 되어서야 들은 그 좋은 말은 아주 오래된 콤플렉스를 치유해 주지는 않아도 묵은 상처를 소독해 주기는 했다.

학업을 마친 트리스탄은 데이터베이스 회사에 정규직으로 들어갔고, 2년간 반나절 근무만 했다. 부모가 발 벗고 나서서 말렸지만, 그녀는 생각을 바꾸지 않았다.

「고작 그런 일이나 하려고 소르본에서 문학을 공부했니?」아빠가 그녀에게 말했다.

「전 제 직장에 아주 만족해요. 흥미롭지만 날 완전히 사로잡진 않고, 일주일에 서른아홉 시간 근무하면 더는 신경 안 써도 돼요. 생활비도 나오고요.」

「넌 야망이 없어.」

「전 하루 세 시간씩 계속 책을 읽을 수 있길 원해요.」

「문학을 그렇게 좋아하면서, 글을 쓰고 싶지는 않니?」

「전 와인도 무척 좋아하지만, 그렇다고 포도나무를

재배하고 싶진 않아요.」

「네가 날 실망시키는구나.」

「아뇨, 아빠가 절 이해하지 못하는 거예요. 둘은 달라요.」

데이터베이스 회사는 라 데팡스 지구의 한 고층 건물에 입주해 있었다. 누아지엘에 거주하는 트리스탄은 아침저녁으로 파리 광역 전철RER A선을 타고 도시를 가로질렀다.

「적어도 네 직장이 모뵈주나 릴에 있으면 얼마나 좋겠니!」

트리스탄은 아무 대답도 하지 않았다. 그녀는 세상 무슨 일이 있어도 부모 집으로 돌아가 살지 않으리라 다짐했다. 레티시아가 보고 싶긴 했지만, 편지 교환이 이제 당연한 일이 되었다. 그들은 매주 서로에게 사랑 자체보다 더 강한 사랑의 편지를 써 보냈다.

열일곱 살이 된 레티시아는 그 어느 때보다 더 확고하게 레 프뇌를 믿었다. 그녀는 부모가 자신을 좀 가만히 내버려두도록 바칼로레아를 준비했다. 하지만 실상은 그룹에 100퍼센트 매진하기를 원했다. 마랭 역시 그랬다. 그 문제를 놓고 대학에 진학하고 싶다고 선언한 셀레스탱과는 말다툼을 벌였다.

「대학에 록 과정은 없어.」레티시아가 말했다.

「난 엔지니어 학위를 따고 싶어.」

「음향 엔지니어?」

「아니, 정상적인 엔지니어. 먹고는 살아야 하니까.」

「레 프뇌가 성공을 못 거둘 때를 대비한 타개책이
야? 넌 믿음이 없어. 꺼져, 다른 베이스 주자를 찾아볼
테니.」

마랭이 친구를 옹호하고 나섰다. 레티시아는 한 발짝
도 물러서지 않았다.

「우리가 하는 걸 100퍼센트 믿지 않으면 끝장이야.」

「그건 나도 동의해. 하지만 우리가 스물다섯 살에 목
표에 도달한다고 상상해 봐. 그때까지 부모 집에 붙어
있어야 해? 너무 꾸물대지 말고 독립하는 게 좋을 것
같아.」

그들은 그들 부모의 차고 세 곳을 사용했다. 마랭 부
모의 차고는 연습실, 셀레스탱 부모의 차고는 창고, 그
리고 레티시아 부모의 차고는 숙소로. 거기서 셋이 함
께 잤다.

「너, 걔들 둘하고 같이 자니?」트리스탄은 묻지 않을

수 없었다.

「아니, 마랭과 내가 워낙 단단한 커플을 이뤄서 셀레스탱이 있어도 방해가 안 돼.」

트리스탄은 더 이상 알고 싶지 않았다. 그녀는 레티시아의 애정 생활을 찬탄의 눈길로 바라보았다. 하지만 그녀 자신의 애정 생활은 점점 더 혼란스럽게 변해 갔다. 미지의 남자가 그날 저녁 카페에서 그녀에게 좋은 말을 해준 이후로 마음이 조금 놓이긴 했다. 하지만 그녀의 내면에는 스스로도 도무지 이해할 수 없는 비극적인 균열이 남아 있었다.

그녀가 파리 광역 전철을 기다리는데 잘생긴 청년이 다가왔다.

「트리스탄!」

그녀는 몇 분이 지난 후에야 브누아를 알아보았다.

「너, 정말 멋져졌구나.」

「넌 더 예뻐졌고. 너 없이 보낸 7년, 정말이지 견디기 힘들었어.」

그들의 사랑 이야기는 곧바로 다시 시작되었다. 브누아는 드문드문 만난 여자 친구들을 트리스탄 얘기로 피곤하게 하면서 7년의 세월을 보냈다고 말했다.

「나는? 누구 얘기로 날 피곤하게 만들 건데?」

「네 얘기.」그가 대답했다.

브누아는 약속을 지켰다. 미친 듯이 사랑에 빠진 그는 한순간도 멈추지 않고 그녀에게 열광하고, 수많은 배려로 열정을 드러내고, 열기로 이글거리는 고백을 전했다. 여섯 달 후, 그녀는 그에게 그만 만나자고 했다.

「이유가 뭐야?」그가 물었다.

그녀는 설명을 거부한 채 두 번 다시 그를 보고 싶지 않다고 말했다. 그러고 실의에 빠진 한 남자가 사라지는 걸 지켜보았다.

「도대체 왜 그래? 문제가 뭐야?」코제트가 물었다.

「너무 힘들었어. 그의 사랑이 너게는 느껴지지 않을 뿐 아니라, 날 떠날 거라는 느낌이 계속 들었어.」

「언니는, 언니는 그를 사랑해?」

「너무 힘들어서 그것도 알 수 없었어.」

「언니는 병들었어. 혼자서는 병에서 벗어날 수 없을 거야.」

「난 혼자가 아냐. 네가 있잖아.」

「난 의사가 아니잖아.」

그것이 기나긴 탐구의 출발점이었다. 트리스탄은 다

양한 심리학자를 만나 보았다. 대부분 아무 효과도 없었다. 몇몇은 아주 좋은 의도를 가지고도 그녀에게 안 좋은 영향을 끼쳤다. 그러다가 말이 거의 없는 나이 지긋한 심리 치료사를 만났다. 신비로운 연금술이 일어났고, 명백한 사실들이 발견되었다. 등잔 밑이 어두운 법이니까.

트리스탄은 태어나면서부터 둘째의 지위를 받았다. 그것은 자리이기도 하고 역할이기도 했다. 그녀는 비정상적일 만큼 예외적인 방식으로 순정적인 사랑을 이어가는 아빠와 엄마의 마음속에서, 늘 둘째였다. 레티시아에게도 그랬다. 동생이 태어나자마자 자신이 받지 못한 사랑을 보상해야 했기에, 그녀에게는 동생이 늘 우선이었다.

「언젠가는 알게 될 겁니다. 레티시아가 맏이라는 걸. 당신이 그렇게 바꿔 놨어요.」심리 치료사 뤼르텔 씨가 말했다.

사랑에서도 트리스탄은 둘째였다. 그녀는 자신을 위해 아내와 헤어지겠다고 제안했던 유부남을 떠올렸다. 그녀는 그 제안을 한사코 거절했다. 이렇게, 그녀는 누가 그녀에게 첫째의 역할을 제안하면, 자신이 신뢰할 만하지 않다고 생각하고 서둘러 포기해 버렸다.

또한 무의식적으로 모든 사랑을, 부모의 서로에 대한 사랑과 비교했고, 어떠한 사랑도 그 사랑만 못해 보인다고 진술했다.

「하지만 그거, 건강하지 못한 사랑이에요.」뤼르텔 씨가 말했다.

「어떤 점에서요?」

「보일 겁니다.」

언젠가는 보일 거고, 알게 될 거라고? 트리스탄은 의문의 해소를 나중으로 미뤘다. 일단 부모의 사랑이 이상적이지 않다는 것을 알게 도자 오히려 마음이 놓였다.

상담은 여러 해에 걸쳐 진행되었다. 그런데 어느 날 부인이 트리스탄에게 전화를 걸어 뤼르텔 씨가 더는 상담할 수 없게 되었다고 알렸다.

「어디 아프세요?」

「돌아가셨습니다.」

트리스탄은 깊은 슬픔을 느꼈다. 그녀는 코제트처럼 그 심리 치료사와도 계속 대화할 수 있기를 바랐다. 생전의 직업으로 보아 그 역할이 어울릴 것 같았다. 하지만 아무리 간청하고 물어봐도 대답은 없었다. 그래도 습관처럼 그에게 계속 말했다. 그는 사후에도 여전히 귀를 기울여 들어 주었다. 망자에게도 모두 나름의 쓸모가 있다.

「언니는 나에 대해서는 그에게 아무 말도 하지 않았네.」코제트가 말했다.

「너는 내게 문제가 아니라서 그래.」

「다른 심리학자를 만나 볼 거야?」

「아니. 훨씬 나아졌어. 게다가 그건 후임자들에게 좋지 않은 일이 될 거야. 내가 비교할 테니까. 틀림없이 그들에게 불리한 쪽으로.」

스물네 살이 된 레티시아는 패거리와 함께 록 그룹 메탈리카의 베르시 공연 오프닝 게스트로 초대받았다.

레 프뇌에게는 하나의 결실이었다. 메탈리카 공연은 영광스럽고 품격 있는 자리였다. 그 천재적인 그룹이 파리 공연에서 자신들에게 오프닝을 맡아 달라고 요청했다는 사실이 그들을 한껏 들뜨게 했다. 불행하게도, 정신을 못 차릴 정도로. 그들의 공연은 시원찮았다. 우상을 어서 맞이하고 싶었던 관중은 세 젊은이에게 야유를 보냈다. 드문 일은 아니었지만, 잔뜩 주눅이 든 레 프뇌는 많은 실수를 저질렀다. 부진은 그들에게 유리하게 작용하지 않았다.

그들을 띄워 줄 거라고 여겼던 일이 오히려 경력에

족쇄가 되었다. 이제 다른 오프닝 공연은커녕, 명망 높은 공연장에 발도 들이지 못했다. 레 프뇌는 무명의 페스티벌을 돌아다니며 공연하는, 그저 그런 그룹 중 하나가 되었다.

그런데 바로 그 지점에서 그들의 찬탄할 만한 모습이 드러났다. 쓸데없이 유명세를 쫓기보다는 행복한 소수를 위한 예술가가 된 것이다. 팬이 3백 명밖에 되지 않았지만, 그들은 몽소레민[39]에서 열리는 레 프뇌의 스물다섯 번째 공연에 참석할 수 있다면 목숨이라도 내놓을 정도로 열광적이었다.

무엇보다 레 프뇌는 절대 믿음을 잃지 않았다. 재정이 바닥을 드러낼 때도, 사정이 나빠질 때도, 어느 날 저녁 공연에서 관객이 야유를 퍼부어도 그들은 변함없이 〈우리는 저들을 정복하고 말 거야!〉라고 다짐했다.

중복 표현이 되겠지만, 우리는 레 프뇌를 운명을 끝까지 사랑하기로 작정한, 〈아모르 파티〉[40]를 추구하는 자들로 정의할 수 있을 것이다.

39 Montceau les Mines. 프랑스 동부 부르고뉴 프랑슈콩테지방에 있는 광산 도시.

40 Amor fati. 운명적인 사랑, 자신의 운명을 사랑하는 것.

트리스탄도 이 소수의 행복한 열혈 팬에 속했다. 그녀는 레 프뇌가 끊임없이 발전하고 있다고 생각했다. 그녀가 옳았다. 그들의 가사는 점점 더 세졌고, 연주는 섬세해졌다.

레티시아는 레 프뇌가 파리에서 가장 형편없는 공연장, 롬 역에서 그리 멀지 않은 르 테타르에서 콘서트를 열 거라고 트리스탄에게 알렸다.

「메탈리카 이후로 파리에서는 공연해 본 적 없어. 우리가 징크스에 휘둘리지 않는다는 걸 증명하고 싶어.」

「브라보!」

「우리, 언니 집에 묵어도 돼? 호텔 숙박비를 낼 돈이 없어.」

「물론이지. 마랭과 너는 소파 겸 침대에서 자면 되고⋯⋯.」

「셀레스탱과 언니는 침대에서 자.」

「문제없어.」 동생의 목소리가 왜 이전과 달라진 것처럼 느껴지는지 궁금해하며 트리스탄이 결론지었다.

레 프뇌의 공연은 한계를 넘어섰다. 르 테타르에 빼곡하게 들어선 4백 명의 관객은 롭 역사상 가장 순수한 황홀경에 도달했다.

트리스탄은 튀르텔 씨의 말을 떠올렸다. 서른 살의 레티시아는 그녀의 언니가 되어 있었다. 그녀는 어느 때보다 강렬한 카리스마를 내뿜으며 기타를 치고 노래를 불렀다. 자신의 음악을 구현했고, 자신의 가사 속에 살았으며, 아무도 그녀의 아름다움과 추함을, 섬세함과 야성을 가려낼 수 없었다. 트리스탄은 동생이 자랑스러운 정도를 넘어 기뻐 날뛰었다.

뒤풀이 자리가 길게 이어졌지만, 그들은 결국 누아지엘의 작은 아파트로 돌아왔다. 트리스탄은 공연장으로 가기 전에 소파 겸 침대를 미리 펴놓기 잘했다고 생각했다. 마랭과 레티시아가 아파트에 들어서자마자 그 위에 쓰러져 곧바로 잠들었으니까.

셀레스탱이 옷을 벗고 침대로 들어올 때도 그녀는 불만을 표시하지 않았다. 하지만 그가 그녀를 품에 안았을 때는 가만히 있을 수 없었다.

「큰 성공을 거둬 놓고 일을 망치진 마.」

「트리스탄, 난 열세 살 때부터 누나를 미친 듯이 사랑했어.」

「넌 어린애야.」

「난 서른이고, 누나는 서른다섯이야.」

「두 베이스 주자가 함께? 말도 안 돼.」

「정반대야. 베이스 주자는 밴드의 자폐증 환자야. 자폐증 환자 둘이 함께하는 건 무릅써야 할 위험 중 가장 나아.」

셀레스탱은 이상적인 연인으로 드러났다. 그가 워낙 종잡기 어려운 타입이어서, 트리스탄은 그를 누구와도 비교할 수 없었다. 그에게는 모든 걸 부정적으로 보는 그녀의 면모를 바꿔 놓는 재주가 있었다.

「너와 나는 불가능해.」

「누나 말이 맞아. 우린 불가능할 정도로 잘 맞아.」

「나는 우리 관계가 1분 후에 끝날 거라는 느낌을 견딜 수가 없어.」

「그럼, 우리 관계가 1초 후에 끝날 거라는 느낌을 지어내자. 그러면 훨씬 나을 거야.」

「너하고 있으면 난 사는 게 아니야. 살아남는 거지.」

「너무 멋지네. 그럼, 사랑의 다윈주의인 셈이잖아.」

둘은 아직 함께 살지 않았기 때문에 트리스탄은 셀레스탱이 없을 때 거리를 두고 사태를 관망할 수 있었고, 자신이 그를 그리워한다는 것을 깨달았다. 사실, 이 관계는 그녀에게 둘도 없이 잘 맞았다.

사소한 것 하나가 계속 신경이 쓰였다. 트리스탄이 레티시아에게 전화를 걸었다.

「넌 셀레스탱이 나와 함께할 거라고 예상했어.」

「아니. 그러기를 바랐지.」

「언제부터?」

「오래되진 않았어.」

레티시아는 거짓말을 하고 있었다. 그녀는 15년 전에 이미 언니를 염두에 두고 베이스 주자를 뽑은 게 분명했다. 이해 당사자는 절대 트리스탄을 위해 그렇게 훌륭한 선택을 할 수 없었을 것이다. 트리스탄을 잘 알고 너무나 사랑하는 레티시아는 능히 그럴 수 있었다. 아무에게도 말하지 않은 채, 장기적인 안목으로 내기를 걸었고, 이제 그 결과에 쾌재를 부르고 있었다.

어쩌면 레 프뇌가 큰 성공을 거두지 못한 데 대해서도 속으로는 기뻐했을지도 몰랐다. 레 프뇌가 수도에서 수도로 공연하러 다니는 유명한 그룹이 되었다면, 아마도 트리스탄이 겪은 일은 불가능했을 것이다. 주민이 165명에 불과한 라 굴라프리에르[41]의 페스티벌에서 르퓌앙블레[42]의 메트로폴리탕 공연장을 오간다면, 파

---

41 La Goulafrière. 프랑스 노르망디 지방에 있는 작은 도시.

리 근교에 사랑하는 연인을 두는 게 그리 어려운 일은 아니었다.

이듬해, 플로랑이 교통사고로 사망했다.

트리스탄과 레티시아는 온 마음을 다해 아버지의 죽음을 애도했다.

예순다섯 살에 혼자가 된 노라는 무너져 내렸다. 그녀는 40년 동안 행복하게 살았던 집을 팔고, 거기서 1백 킬로미터 떨어진 곳에 있는, 가까운 역조차 없어서 방문하기 무척 어려운 오지에 허름한 집을 하나 샀다. 그렇게 해야 동생도 딸들도 자신을 찾아오지 못할 거라고 생각했다. 그래 놓고는 매주 그들에게 전화를 걸어 어떻게 자신에게 그렇게 무관심할 수 있느냐며 원망을 해댔다.

「너희는 어쩜 그렇게 단 한 번도 안 와보니?」

마음이 여린 세 여자는 측은함을 이기지 못하고 차 한 대를 빌려 타고 외로움을 하소연하는 노라를 보러 갔다. 그런데 노라는 그들을 아예 문전박대했다.

42 Le Puy en Velay. 프랑스 중남부 오베르뉴론알프지방 오트루아르주의 주도로 루아르강 가까이 위치해 있다.

「뭐야, 날 감시하러 온 거야?」

「어떻게 지내, 언니?」

「너보단 나아. 그래도 난 사회에 족쇄가 되진 않으니까. 파쇼 자식 셋을 둔 너보단 나아.」

「우리가 가버리길 원하는 거예요, 엄마?」레티시아가 물었다.

「너희는 벌써 내가 꼴 보기 싫지, 안 그래?」

그 집은 예상했던 것보다 더 음침했다.

「왜 하필 이런 집을 골랐어요, 엄마?」

「뭐든 똑같지 뭐.」그녀가 대답했다.

아니, 그들은 그녀가 일부러 고생고생해서 그 정도로 형편없는, 접근이 어렵고 불편하기 짝이 없는 집을 찾았다고 느꼈다.

「플로랑 사진이 하나도 없네.」보베트가 지적했다.

「상처를 칼로 헤집는구나. 그이 생각은 안 하고 싶어. 마음이 너무 아프거든.」

「그래도 언니는 모두가 바라는 사랑을 경험했잖아!」

「그래, 그렇지만 내 남편은 죽었어.」

「그와 함께 40년을 보냈으면서 그 세월을 기억하려고 애쓰지도 않는 거야?」

「난 앞만 보고 가.」

세 방문객은 황당하다는 표정으로 서로를 바라보았다.

「하루 종일 텔레비전을 보는 게 앞만 보고 가는 거야?」트리스탄이 물었다.

「네가 그렇게 좋아하는 저 보비트 이모는 오래전부터 그 짓거리만 하고 있어. 그런데 내게는 그럴 권리가 없는 거야?」

「그게 언니를 행복하게 한다면야…….」보베트가 끼어들었다.

「행복? 행복 좋아하네! 넌 텔레비전 앞에 앉아 있으면 행복하니?」

「응. 텔레비전은 내 친구야.」

「불쌍한 년!」

「엄마, 계속 고약하게 굴 거예요?」레티시아가 물었다.

「넌 늙은 엄마를 욕하고 있어!」

「제발 피해자인 척 굴지 말아요. 우리의 삶에는 눈곱만큼도 관심 없으면서!」

「네 가수 경력, 한물갔니? 그리고 너, 안경잡이, 네 허

접한 일은? 보베트, 너 다시 술 마시기 시작했니? 봐, 너희에게 관심 가지고 있잖아!」

큰 충격을 받은 세 여자는 일어나서 출발했다. 돌아오는 동안은 대화를 피했다.

트리스탄은 부모의 사랑이 건강하지 못하다는 튀르텔 씨의 말을 떠올렸다. 그가 말하고자 한 게 바로 이것이었을까?

처음으로 트리스탄은 엄마가 아빠를 만나지 않았다면 엄마의 삶이 어땠을지 상상해 보려고 애썼다. 그녀는 엄마가 근본적인 결핍 주변에 자아를 구축했다고 생각했다. 기적적인 우연이 그녀에게서 아름다운 어떤 걸본 남자와 그녀를 마주치게 했고, 그 남자의 사랑이 장장 40년 동안 그녀의 공허를 메워 주었다. 이제 그녀는 어떻게 그 공허와 맞서야 할지 모른 채 남겨졌다.

트리스탄은 만약 셀레스탱이 죽는다 해도, 크게 마음은 아팠겠지만 그를 떠올리기를 피하지는 않으리라는 걸 알고 있었다. 오히려 마음속으로 끊임없이 그에게 말을 걸 터였다. 죽음은 사랑의 중단이 아니었다.

며칠 후, 트리스탄은 용기를 모아 엄마에게 전화를

걸었다. 그러고 엄마에게 코제트가 죽은 이후로 한 번
도 그녀와 소통하지 않은 적이 없다고 털어놓았다.

「아빠한테도 말을 걸려 애써 봐요.」

「너무 마음이 아파.」

「어쨌거나 마음 아파하고 있잖아요.」

「내가 원하는 방식대로 아파하게 내버려두렴.」

이튿날, 보베트에게서 전화가 걸려 왔다.

「네 엄마가 자살했다. 가스를 틀어 놨는데, 냄새가 심
해서 이웃들이 신고했어. 소방관들이 오늘 아침에 사망
한 네 엄마를 발견했대. 난 실패했는데, 네 엄마는 성공
했구나.」

큰 충격을 받은 트리스탄은 눈물조차 나오지 않았다.
누가 곤봉으로 끊임없이 머리를 후려치는 것 같았다.

그녀가 쇼크 상태에서 벗어났을 때, 우편 배달부가
엄마의 편지를 전해 주었다.

트리스탄,

네가 이 편지를 받을 즈음이면 난 이미 이 세상 사
람이 아닐 게다. 내게 이 해결책을 넌지시 권한 건 바
로 너야. 네가 산 사람보다 죽은 사람과 더 잘 소통한

다면, 내가 무엇을 해야 할지는 분명하구나.

곧 보자꾸나.

엄마가

그 다정한 서명은 또 하나의 몹쓸 짓이었다. 〈이 해결책을 넌지시 권한 건 바로 너야…….〉 노라는 어떻게 트리스탄에게 그토록 큰 아픔을 주려 했을까?

그녀는 뜨거운 눈물을 흘렸다. 하지만 그것은 분노의 눈물이었다. 그녀는 레티시아에게 전화를 걸어 소식을 알렸지만, 편지에 대해서는 일언반구도 하지 않았다.

「제길, 끝까지 골탕을 먹이는군.」 레티시아가 말했다.

「형식적인 절차는 내가 알아서 할게.」 이모나 동생이나 그럴 여유가 없다는 걸 아는 트리스탄이 말했다.

법무사와 접촉한 것도 그녀였다. 상속 과정은 지뢰투성이였다. 적어도 엄마가 미리 계획한 낌새는 전혀 없었다.

상속 문제를 해결하려면 비극이 일어난 집을 팔아야만 했다. 트리스탄은 사겠다고 나서는 사람이 없을까 봐 두려웠다. 그 허름한 집은 위치도 안 좋고, 낡았고, 음침할 뿐 아니라 자살한 이전 거주자의 아우라까지

뽑어냈다. 그런 곳에서 살기를 원하는 사람이 누가 있을까?

그런데 한 늙은 부인에게서 전화가 걸려 와 집이 마음에 든다고 말했다. 트리스탄은 숨죽이고 가만히 있었다. 거래가 성사되었다.

부인은 결국 사연을 털어놓았다.

「가족이 날 미워해요. 자식들이 절대 날 보러 여기까지 오려고 하지 않을 테니 조용하게 지낼 수 있을 거예요.」

트리스탄은 아마 엄마도 그 저즈받은 집의 전 주인에게 같은 말을 했을 거라고 생각했다.

1년 후, 트리스탄은 자기 삶이 지옥이라는 사실을 깨달았다. 처음에는 상중이라 그러려니 치부했던 게 나중에 가서 모든 걸 삼키는, 죄책감이라는 진면목을 드러냈다. 그녀는 엄마의 편지를 혼자만의 비밀로 간직해 왔지만, 레티시아가 지나는 길에 집에 들렀을 때 결국 무너졌고, 동생에게 그것을 내밀었다.

「이 얘기는 또 뭐야?」레티시아가 물었다.

트리스탄은 코제트와 내면의 대화를 나눈다는 사실과, 엄마와의 마지막 대화를 털어놓았다.

「엄마가 그런 식으로 반응하리란 걸 내가 상상이나 할 수 있었겠니?」

「당연히 못하지. 정말 쓰레기라니까!」

「죽은 사람 욕하지 마.」

「그럼 가려 가며 할게. 엄마가 언니에게 한 짓은 정말 비열해.」

「난 엄마한테 손을 내밀고 싶었을 뿐이야. 엄마의 반응을 이해할 수 없었어.」

「이해할 거 아무것도 없어. 엄마는 그냥 언니의 삶을 망치고 싶었을 뿐이야. 그게 다야.」

「왜 나야?」

「아빠를 닮았으니까. 언니는 엄마가 가질 수 없는 아빠야. 그래서 다른 방식으로 언니를 붙잡아 두기로 마음먹은 거야.」

트리스탄은 전율했다. 맞는 말 같았으니까.

「우리 부모의 사랑처럼 위대한 사랑이 어떻게 이런 재앙에 이를 수가 있어?」 그녀가 물었다.

「재앙에만 이른 게 아니야. 그게 우리를 낳았어. 우리의 사랑이 그들의 사랑보다 훨씬 나아.」

레티시아는 자기도 모르게 막 언니를 저주에서 풀려나게 한 참이었다. 트리스탄은 너무나 자유로운 기분에 안경을 벗었다. 아주 또렷하게 보이진 않았지만, 그녀의 내면은 어느 때보다도 명료했다.

트리스탄은 엄마의 편지를 태워 버렸다. 레티시아가
손뼉을 쳤다.

자매의 사랑

세상 모든 이야기는 가족사라는 말이 있다. 그럴 만도 하다. 우주가 저토록 광활한데도 우리가 티끌만 한 지구에 모여 살듯이, 세상이 이토록 드넓은데도 우리 삶은 가족의 테두리를 크게 벗어나지 않는다. 가족은 우리 삶의 뿌리다. 그런데 가족사는 대개 비극적이다. 이 또한 그럴 만하다. 눈과 귀만 열어도 지구촌에서 비극은 일상이라는 걸 알 수 있으니까. 그래도 우리는 꾸역꾸역(꿋꿋하게) 살아가고, 그 삶의 의미를 더듬는다.

『자매의 책』은 트리스탄(〈나는 왜 이다지도 슬플까?〉)이 삶의 아픔을 견뎌 내고 정체성을 찾아가는 이야기, 한 편의 잔혹 동화다. 잔혹 동화에는 으레 나쁜 부모가 등장한다. 플로랑과 노라는 서로 미친 듯이 사랑한다. 서로 미친 듯이 사랑하면 아이가 생길 수 있지만, 아이가 생겼다고 해서 부모가 되는 건 아니다. 부모가 되려면 자식을 정성껏 돌봐야 한다. 그런데 플로랑과 노라는 서로 사랑하느라, 〈자기들끼리 노느라〉 딸을 돌보지 않는다. 방치에 그치지 않고, 금지하고(〈이제 질질 짜는 건 끝〉) 규정해(〈침울한 여자애〉) 상처를 입힌다. 작가가 쓰고 있듯, 말에는 우리가 그것에 부여하는 권능이 있다. 그 권능이 깊은 슬픔이 되어 트리스탄의 삶을 지배한다. 레티시아(기쁨이라는 뜻이다), 눈에 넣어도 아프지 않을 동생 레티시아가 등장할 때까지는. 혼자 글을 깨우칠 만큼 총명한 트리스탄은 부모의 실패를 되풀이하지 않는다(비극은 대개 그 저주 같은 되풀이, 대물림에서 온다). 부모 대신 동생을 사랑으로 양육한다. 엄마처럼 먹이고, 놀아 주고, 속삭이고, 재운다. 어른들의 세계와 분리된 마법의 공간에서 서로 교감하며 삶의 기쁨을 나눈다. 받지 못한 사랑이 주는 사랑으로 치유된다. 동화처럼, 기적처럼, 자신을, 자신의 삶을 찾아간다.

모든 것에는 명암이 있듯이, 내게는 훨씬 현실적으로 다가왔던, 트리스탄의 또 다른 자매이자 딸(대녀),

사촌 코제트가 있다. 엄마 노라는 큰딸 트리스탄이 자신과 달라서 질투하지만(〈넌 우리랑 달라〉), 자기 삶을 실패로 여기는 이모 보베트(보베트에게 호감이 가는 건 왜일까? 대책 없는 삶에 늘 당당하기 때문은 아닐까?)는 친딸인 코제트가 자신과 판박이처럼 닮아서 사랑하지 않는다. 보베트는 부인하지만, 아무튼 코제트는 그렇게 믿는다. 그래서 엄마가 사랑하는 트리스탄을 닮으려 한다. 하지만 누군가를 닮으려 애쓰며 자기 삶을 살아갈 수는 없다. 반복의 실패, 실패의 반복……. 코제트의 자살은 안타깝고, 노라의 자살은 가증스럽지만, 타인의 욕망을 욕망하는 건 플로랑에 대한 노라의 사랑처럼 위험하고, 코제트가 앓는 거식증처럼 바닥이 없고 헛헛하다.

아멜리 노통브는 전작 『첫 번째 피』를 아버지에게 바쳤고, 이 작품을 트리스탄처럼 자신을 돌봐준 언니 쥘리에트에게 바친다. 그리고 앞으로 출간될(프랑스 현지에서는 2025년에 출간되었다) 후속작 『잘됐네 *Tant mieux*』는 어머니에게 바칠 것이다. 세상 모든 이야기가 가족사라 해도, 가족 한 사람 한 사람에게 책 한 권씩을 바치는 건 아무나 할 수 있는 일은 아니다.

2026년 4월

이상해

옮긴이 이상해 한국외국어대학교와 동 대학원 프랑스어과를 졸업하고 프랑스 스트라스부르 대학교, 릴 대학교에서 박사 과정을 수료했다. 현재 한국외국어대학교에 출강한다. 『측천무후』로 제2회 한국 출판문화 대상 번역상을, 『베스트셀러의 역사』로 한국 출판 평론 학술상을 수상했다. 옮긴 책으로 아멜리 노통브의 『첫 번째 피』, 『비행선』, 『갈증』, 『너의 심장을 쳐라』, 『추남, 미녀』, 『느빌 백작의 범죄』, 『샴페인 친구』, 『푸른 수염』, 『머큐리』, 에드몽 로스탕의 『시라노』, 미셸 우엘벡의 『어느 섬의 가능성』, 델핀 쿨랭의 『웰컴, 삼바』, 파울로 코엘료의 『11분』, 『베로니카, 죽기로 결심하다』, 크리스토프 바타유의 『지옥 만세』, 조르주 심농의 『라 프로비당스호의 마부』, 『교차로의 밤』, 『선원의 약속』 『창가의 그림자』, 『베르주라크의 광인』, 『제1호 수문』 등이 있다.

자매의 책

발행일 2026년 4월 30일 초판 1쇄

지은이 아멜리 노통브
옮긴이 이상해
발행인 홍예빈
발행처 주식회사 열린책들

경기도 파주시 문발로 253 파주출판도시
전화 031-955-4000 팩스 031-955-4004
홈페이지 www.openbooks.co.kr 이메일 literature@openbooks.co.kr

Copyright (C) 주식회사 열린책들, 2026, *Frinted in Korea*.
ISBN 978-89-329-9184-9 03860